Heute möchte ich euch mal von einer wunderbaren Liebe erzählen. Doch bevor ich anfange, euch die Geschichte zu erzählen, frag ich euch "Was ist Liebe?"

I0450751

Ich denke diese Frage hat sich schon jeder einmal gestellt.

Eins wissen wir alle, die Liebe ist nicht immer einfach. Sie wirft so viele Fragen auf die uns keiner beantworten kann. Da jeder die Liebe individuell anders empfindet oder erlebt, können wir diese Frage nur selbst beantworten.

Manchmal fragen wir uns, ist uns die Liebe schon begegnet?

Habe ich die Liebe übersehen?

Oder sie ist uns begegnet, aber wir mussten loslassen, da uns die Hände gebunden waren?

Oder sie ist uns begegnet, aber das Herz des anderen gehört jemanden anders?

Das sind schon viele Fragen, ja...mit der Liebe, das ist so eine Sache. Unser Herz schlägt schneller, unsere Gedanken sind beim anderen Herzen. Schmetterlinge tanzen in unserem Bauch auf und nieder. Wir sind vollkommen durcheinander und umso mehr wir uns bemühen einen klaren Gedanken zufassen, desto mehr überwältigen uns unsere Gefühle. Wenn etwas sicher ist, dann das, dass uns die Liebe durch das ganze Leben begleitet. Leider wird manchmal auch aus Liebe Hass, aber war es dann wirklich Liebe?

Wer liebt, der Verzeiht auch.

Wer liebt, der kann auch loslassen.

Wer liebt, dem sein Herz ist offen und hört zu.

Wer liebt, der spürt auch.

Wer liebt, der fühlt auch.

Wer liebt, der trauert auch.

Wer liebt, der verspürt eine unendliche Sehnsucht und Leidenschaft!

Leider hat die Liebe auch ihre Schattenseiten. Meistens dann, wenn die Herzen nicht zusammenpassen. Die Liebe kann auch Kummer und Schmerzen bedeuten, Vor allem wenn ein großer Schatten auf unserem Herzen liegt. Aber vielleicht muss das so sein, damit wir eines Tages unser Ziel erreichen!? Manchmal leidet die Liebe in unserem Herzen, da wir sehnsüchtig auf eine Antwort warten. Manche bekommen eine Antwort, andere warten ihr Leben lang. Die Liebe sollte unser Herz erfüllen, wir sollten von innen heraus strahlen, denn nur so haben wir ein erfülltes Leben.

Doch oftmals, bleibt die Liebe unerfüllt, woran liegt das?

Manchmal wird die Liebe auf eine harte Feuerprobe gestellt, woran liegt das?

Oftmals, verschenken wir unser Herz zu schnell, woran liegt das?

Manchmal müssen wir eine Liebe loslassen, um der richtigen Liebe eine Chance zu geben, woran liegt das?

Manchmal wird eine Liebe durch ein Schicksal entzweit, woran liegt das?

Wie ihr sehen könnt, gibt es unendlich viele Fragen, worauf wir keine Antwort haben. Ich persönlich glaube an die wahre Liebe des Lebens, denn wer nicht geliebt hat, hat nie gelebt!

Nun möchte ich euch eine Geschichte von der Liebe erzählen, die einen sehr steinigen Weg gehen musste.

Ob sie erfüllt wurde? Das könnt ihr hier nachlesen....

Ich wünsche allen Liebenden auf dieser Welt, dass sich eure Liebe erfüllt.

Viel Spaß beim Lesen!

ALLE NAMEN IN DIESEM ROMAN, WIE AUCH DIE HANDLUNGEN, SIND FREI ERFUNDEN!!!

Hallo, mein Name ist Sören Johnson und ich möchte euch heute die Liebesgeschichte meiner besten Freundin Sophie erzählen.

Seit meinem dritten Lebensjahr begleitet Sophie mein Leben. Wir waren zusammen im Kindergarten und später gingen wir gemeinsam auf die gleiche Grundschule. Doch ab dem Gymnasium trennten sich kurzfristig unsere Wege. Sophie zog mit ihrer Mutter nach Bayern. Dort vollendete sie ihren Schulweg. An der Uni waren wir wieder zusammen, da ich beschlossen hatte in München zu studieren. Sophie war ein lebenslustiger Mensch, fröhlich und sehr liebenswert. Immer wenn Sophie vor Glück überschäumte kam sie damit zu mir. Aber auch wenn ein großer Schatten der Trauer auf ihr lag, kam sie zu mir. Sophie war einfach nur liebenswert! An manchen Tagen, wenn sie vor Glück übersprudelte erklärte ich sie für verrückt und an anderen Tagen herrschte Stille, da nahm ich sie einfach nur in den Arm.

Sophie hatte es schon in ihrer Kindheit nicht einfach. Ihr Vater war ein neurotischer Alkoholiker. Irgendwann folgte die Scheidung der Eltern. Der Vater heiratete neu und gründete eine neue Familie. Er betrachtete auf Grund dessen Sophie nicht mehr als seine Tochter. Ihr Vater starb an den Folgen des Alkoholismus.

Aber auch zu ihrer Mutter war das Verhältnis nicht immer sonnig. Sie hatten immer ihre Höhen und Tiefen. Sophie versuchte immer das Beste daraus zu machen.

Ja, manchmal überschlug sich ihr Leben förmlich, ganz besonders in der Liebe. Es gab viele Tage da dachte ich mir was für eine verrückte Frau, aber genauso gab es die Tage, wo ich sie schweigend einfach nur ansah.

Mittlerweile war Sophie verheiratet. Ihre großen Kinder waren schon ausgezogen, nur ihr Jüngster lebte noch zu Hause. An so manchen Tagen heizten ihre Kinder ihr richtig ein. Wie es so oft ist, meine jungen Erwachsene ihnen gehört die Welt. Sie können alles und sie wissen alles. Nur ungern wird der Ratschlag der Eltern angenommen. Erst wenn das Kind in den Brunnen gefallen ist, dann ist guter Rat teuer. Ja, manchmal gehen wir verirrte Wege, um wieder auf den richtigen Weg zurückzufinden.

So auch Sophie! Als damals ihr Sohn eingeschult wurde, traf es Sophie wie ein Blitz ins Herz. Sie verliebte sich unsterblich in den Lehrer ihres Sohnes. Was für eine üble Situation! Er hieß Sven. Er war ein sehr attraktiver Mann und älter als Sophie. Sophie war der festen Überzeugung, dass sie der Liebe ihres Lebens begegnet war.

Für Sophie begann ein harter Kampf. Täglich fuhr sie ihren Sohn in die Schule nur um ihn zusehen. Wie sehr hoffte sie darauf mit ihm ein Gespräch führen zu dürfen. Hatte sie dann ihr lang ersehntes Gespräch, schlug das Herz so schnell, dass sie sich kaum konzentrieren konnte. An manchen Tagen hatten sie einen Wortwechsel und da war sie überglücklich. Auch wenn es dabei um unbedeutende Dinge ging. Einmal hatte sie sehr hohes Fieber und trotzdem fuhr sie in die Schule, nur um ihn zu sehen. Doch sie ging noch weiter. Eines Tages rief sie ihre Freundin an und bat sie um einen Gefallen. Frauen können manchmal auf eine süße Art sehr kindlich sein. Sophie hatte ein Gedicht geschrieben und sie bat ihre Freundin ihm dieses Gedicht am Telefon vorzulesen und wieder aufzulegen.

Aber damit war es noch nicht genug! Nein! Es war Elternbeiratssitzung und Sophie gehörte dem Elternbeirat an. Natürlich hatte Sophie auch da ihre Freundinnen und zwei wussten, wie es um sie bestellt war. Sie informierten Sophie regelmäßig über Neuigkeiten, sei es ob er verheiratet war oder nur in einer Beziehung lebte. Eines Tages fand eine Elternbeiratsversammlung statt, da standen Elternbeirat und Lehrer zusammen. Eine Lehrerin kannte ihn wohl auch privat und sie zog im Beisein von Sophie über seine Freundin her, sie ließ kein gutes Wort an ihr. Das ließ die Hoffnung in Sophie noch mehr wachsen. Immer wieder rief sie ihn mit unterdrückter Nummer an und legte wortlos wieder auf. Einmal wollte sie etwas sagen, jedoch ein Kloß im Hals verhinderte es. Sophie hatte sogar seine Handynummer. Also kam es, wie es kommen musste! Es hieß unter den Eltern, dass er im nächsten Schuljahr die Klasse abgeben wollte und das wollte Sophie auf keinen Fall! Also überlegte sie, was sie tun könnte. Kurz entschlossen schickte sie ihm eine anonyme Sms mit den Worten >> Don`t say good bye! << Was für Sophie zwei Bedeutungen hatte. Einmal, er sollte die Klasse nicht aufgeben und als zweites war es ein Auszug, aus dem Lied " I can´t help my self " und das war sehr eindeutig! Ob er wohl, diese Message verstand??

Den ersten Teil zweifellos, aber den zweiten Teil??? Hypernervös ging Sophie zu dem Elternabend, der diesbezüglich stattfand. Ihre Freundin wusste von ihrer Aktion. Sie beruhigte sie und meinte:

"Sag einfach nichts, setz dich hin und mach einfach mal nix!" Sophie tat es und sagte nichts.

Nun ja, er blieb noch ein weiteres Jahr der Klasse erhalten und Sophie atmete auf. Jedenfalls ging es noch einige Jahre so. Selbst als Sophies Kinder die Schule verlassen hatten, war Sven täglich in ihren Gedanken gegenwärtig. Manchmal frage ich mich ob er wirklich gar nichts gemerkt hatte? Aber dann hätte er Gefühle wie ein Elefant und das passte nach Sophies Beschreibung so gar nicht zu ihm! Oder er hatte etwas gemerkt und wollte sehen, wie lange dieses Spiel weiter gehen würde. Aber warum? Er hätte doch nur einmal was sagen können! Es so laufen zu lassen, war Sophie gegenüber nicht fair. Es hätte ein Wort gereicht und Sophie hätte gewusst woran sie gewesen wäre. Immer wieder erinnerte ich sie daran, dass sie doch verheiratet sei und immer wieder stellte sie mir eine Gegenfrage "Was soll ich denn tun?" Ja, ich konnte ihr keine Antwort geben. Denn gegen Gefühle ist man machtlos! Ihre Ehe war ein Kompromiss mit der Liebe, das konnte auf Dauer nicht gutgehen.

Trotzdem bekam Sophie noch einen Nachzügler und diesem süßen Erdenbürger gab sie den Namen Sven.

Als ich sie im Krankenhaus besuchte war ich sehr überrascht. Nicht weil der Kleine den Namen Sven bekam, nein! Sondern weil sie zu mir sagte: "Wenn man liebt, dann muss man wohl auch loslassen!" Ich wusste, dass Sophie litt. Aber insgeheim hoffte ich, dass alles wieder normal werden würde. Doch das war naiv von mir. Die Ehe von Sophie hatte ihre Höhen und Tiefen. Xaver, ihr Mann wusste, dass sich Sophie in Sven verliebt hatte. Aber er lachte darüber und sagte eines Tages hämisch: „Siehst Du, selbst der will dich nicht!" Ja, an so manchen Tagen herrschte ein rauer Umgangston zwischen den Beiden. Immer wenn es Sophie nicht gut ging lauschte ich ihren Worten und schwieg. Doch dann dachte sie an Sven und schlagartig wurde ihre Laune besser. Ja, Sven war in ihren Gedanken und in ihrem Herzen tief verankert, irgendwie war er immer bei ihr.

Doch eines Tages stand Sophie weinend vor meiner Tür. Sie hatte erfahren, dass Sven geheiratet hatte. Er hatte es ihr persönlich gesagt. Das gab ihr einen Stich ins Herz. Ich dachte die Welt geht unter. Ich bin ja einiges gewöhnt, da ich von Beruf Frauenarzt bin. Da hört man sich so manches Leid an. Aber Sophie schaffte es mich hilflos zusehen zu lassen. Ich denke, das war die schmerzlichste Erfahrung in ihrem Leben. Das war der Augenblick, von dem an der Name Sven nur noch in Bezug auf ihren Sohn fiel. Sie schwieg viele Jahre. Doch ich wusste genau wann sie an ihn dachte. Als erstes veränderten sich ihre Augen, dann zauberte sich ein wundervolles Lächeln auf ihre Lippen und zum Schluss griff sie nach ihrem Sohn und kuschelte mit ihm. Es war bewundernswert, dass es nach über einem Jahrzehnt immer noch so anhielt. Sie sammelte so viel Kraft mit dem Gedanken an ihm, dass sie aus ihrem Herzen strahlte.

Das war der Augenblick, der mich spüren ließ das sie ihn aus tiefsten Herzen liebte. An diesen Tagen wäre ich gerne zu Sven gefahren und hätte ihn um eine Aussprache gebeten, nur damit Sophies Herz eine Antwort bekommen hätte. Aber was, wenn die Antwort nicht so ausgefallen wäre wie Sophie es sich wünschte? Ich wollte sie auf keinen Fall mehr leiden sehen! Ich unternahm nichts und hoffte innerlich immer noch auf ein Happy End, trotz des vergangenen Jahrzehnts. Manchmal gab es auch die Tage an denen Sophie über sich selbst schmunzeln musste, vor allem wenn sie daran zurückdachte, wie kindlich sie sich damals gegenüber Sven verhalten hatte.

Die Zeit zog ins Land. Sophie ging vormittags arbeiten und nachmittags betreute sie ihren Jüngsten. Ihm schenkte sie ihre ganze Aufmerksamkeit und eine wundervolle Mutterliebe. Als Sophie ihren kleinen Sohn zur Welt brachte, hing ihr Leben an einen sehr dünnen Faden und wir wussten nicht, ob sie durchkommt. Wir haben zwei Tage um ihr Leben gekämpft und doch hat sie es geschafft! Sie ist und bleibt eine Kämpfernatur und umso stärker wurde das Band, das Mutter und Sohn miteinander verbindet.

Heute war Samstag und samstags fuhr ich immer zu Sophie. Sie erzählte mir immer was sie und der Kleine unter der Woche erlebt hatten. Unsere Freundschaft war eine sehr tiefe und lange Freundschaft. Ein inneres Band hielt uns zusammen. Heute wollte Sophie mit mir und dem Kleinen zum Shoppen in die Stadt fahren. Da ihr Mann das gar nicht mochte, musste ich herhalten. Aber ich tat es sehr gerne, weil ich Sophie liebte, wie eine Schwester die ich nie hatte.

Wir bummelten durch die Innenstadt und durchstöberten die Kaufhäuser. Da Sommerschlussverkauf war, amüsierte ich mich an den Wühltischen. Die Frauen stürzten sich darauf wie wild gewordene Hühner. Als ich mir ein T-Shirt nehmen wollte, riss es mir eine Frau aus der Hand und die Frau daneben riss es wiederum ihr aus der Hand. So ging es eine Weile hin und her. Das Endresultat war, dass das T-Shirt letztendlich zerrissen auf dem Wühltisch wieder landete. Danach hielt ich Ausschau nach Sophie und sie fand ich in der Schuhabteilung wieder. Da hatte ich Pause, denn es dauerte Stunden bis sie die Turnschuhe fand, die ihr auch wirklich gefielen. Sven fanden wir anschließend in der Media Abteilung wieder. Auch da hatten wir mindestens eine Stunde Aufenthalt. Denn Sven versuchte seiner Mutter ein PC Spiel ab achtzehn Jahren, abzutrotzen. Aber Sophie war da konsequent, ein nein war ein nein. Doch der Kleine dachte sich wohl ich kann es ja mal versuchen. Immer wenn Sophie nein sagte sah er mich mit seinen treuen Augen an und versuchte mich zu überreden. Ich wartete bis Sophie in der nächsten Abteilung verschwunden war. Sven behielt seine Mutter im Auge und stand schmiere, in der Zwischenzeit kaufte ich das Spiel. Schließlich war ich ja erwachsen und vielleicht gefiel mir ja das Spiel auch. Ja, ja, diese achtjährigen hatten es schon faustdick hinter den Ohren. Aber letzten Endes verhielt es sich ja so, dass ich ihn nicht erziehen musste.

Als wir endlich wieder die Fußgängerzone erreichten, setzten wir uns in ein Kaffee und beobachteten die Leute. Manchmal war es schon wirklich lustig, vor allem wenn junge Mädchen ihre Tangas aus den Pobacken zogen. Oder ältere Damen, die ihre Brüste sortierten. Aber auch die Männer popelten in der Nase oder kratzten sich am Hinterteil. Gegenüber von uns saß ein älteres Ehepaar und die Dame rückte immer wieder ihre Brille auf die Nase zurück. Neben uns saß ein junger Mann am Tisch und schrieb die ganze Zeit Sms. Mal grinste er, mal setzte er eine gehässige Miene auf. Nach guten zwei Stunden hatten wir genug beobachtet und stiegen in mein Auto.

Auf der Heimfahrt meinte Sophie noch das ich zum Essen bleiben sollte. Aber bevor wir zu ihr fuhren, wollte ich noch bei mir zu Hause vorbeischauen und die Einkaufstaschen abliefern. Ich parkte vor meiner Haustür und Sophie blieb mit Sven im Auto sitzen. Auf dem Weg zu meiner Haustür leerte ich meinen Briefkasten. Ich schloss meine Tür auf und stellte die Tüten in meinem Flur ab. Dann sah ich die Post durch und fand einen lang ersehnten Brief von Ärzten ohne Grenzen. Hastig öffnete ich den Brief. Endlich, es war eine Zusage! Sie teilten mir mit, dass ich schon in vier Wochen mit einem Team nach Indien fliegen durfte. Das war immer mein Traum und endlich hatte ich eine Zusage bekommen! So sehr ich mich darüber freute, ließ es auch mein Herz schwer werden. Wie sollte ich das Sophie erklären? Sie war meine beste Freundin und ich wollte sie auf keinen Fall verletzen. Ich wusste, wie sensibel sie ist und wahrscheinlich würde es ihr sehr nahe gehen. Das war nun keine leichte Aufgabe, aber es war mein Traum und den wollte ich nicht aufgeben. Also schnappte ich mir meine Autoschlüssel und ließ die Tür ins Schloss fallen.

Vielleicht würde sich ja eine gute Gelegenheit beim Abendessen ergeben um es ihr mitzuteilen. Wir fuhren zu Sophie nach Hause. Sophie sperrte die Haustür auf und wir traten ein. Sie hatte nur eine kleine Dreizimmerwohnung, aber sehr gemütlich eingerichtet. Die Wohnung hatte so richtige Nestwärme. Als Sophie die Einkaufstaschen abgestellt hatte, rief sie nach ihrem Mann, aber er antwortete nicht. Wir hörten seltsame Geräusche aus dem Schlafzimmer und Sophie öffnete die Tür. Was sie dort sah, ließ sie zu einer Salzsäule erstarren. Auch mir blieben die Worte im Hals stecken. Xaver war in Aktion mit einer blonden, fremden Frau. Die Frau schrie auf, als sie Sophie erblickte. Schnell stieg Xaver von der Frau runter und versuchte sich mit dem Laken zu bedecken. Er stotterte nur und bekam nicht ein anständiges Wort raus. Die Frau zog sich erst die Bettdecke über das Gesicht, doch dann stand sie schnell auf, hob ihre Sachen auf und hoppelte nackt durch die Wohnungstür. Nachdem sie einen Stöckelschuh verloren hatte, nahm Sophie den Schuh und warf ihn ihr hinterher. Bevor nun die Schlacht eröffnet wurde, nahm ich Sven und flüchtete mit ihm auf den Spielplatz. Sophie verarbeitete ihren Mann verbal zu Kleinholz. Ich denke die ganze Straße konnte mithören. Anschließend schob sie ihren Mann mit samt den Laken vor die Wohnungstür und knallte diese zu. Kurze Zeit später nahm sie noch seine Klamotten und schmiss sie ihm durch das Fenster auf die Straße. Natürlich mussten die Passanten lachen als sie vorbei gingen. Nach einer Stunde war das ganze Spektakel vorbei. Sophie war fertig mit den Nerven und weinend rief sie mich auf meinem Handy an.

Natürlich bin ich mit dem Kleinen wieder zu ihr nach Hause gegangen. Sven verschwand in seinem Zimmer zum Spielen und ich setzte mich zu Sophie. Natürlich war sie enttäuscht. Ich versuchte ihr klar zu machen, dass sie es war, die einen Kompromiss in der Liebe eingegangen war. Sie war nicht ehrlich mit den Gefühlen ihrem Mann gegenüber. Es war besser, dass er sie verletzte, als wenn sie ihn verletzen würde. Klar, es war eine Situation die sie bestimmt nicht gebraucht hätte. Aber so war die Struktur wiederhergestellt, auch wenn es sie erst einmal emotional auf den Boden drückte. So konnte sie wenigstens wieder jeden Morgen in den Spiegel schauen und ein ehrliches Gesicht sehen.

Nach einer Weile rief ich den Pizza Service an, denn wir hatten Hunger und das Essen ließ uns wieder klare Gedanken fassen. Als die Pizza geliefert wurde setzten wir uns gemeinsam an den Tisch und aßen zusammen. Danach brachte Sophie Sven ins Bett, zärtlich streichelte sie ihrem Sohn über den Kopf bis er einschlief. Ich besorgte uns noch einen Wein und wir redeten die ganze Nacht. Immer wieder überfluteten Tränen ihr Gesicht. Ja sie war gekränkt, aber für sie selbst war es so am besten. Der Wein löste Sophies Zunge und ich glaube, ich habe von Sophie noch nie so viele Schimpfwörter gehört, wie in dieser Nacht. Aber das war mir wesentlich lieber, als wenn sie immerzu nur geweint hätte. Im Morgengrauen kippte Sophies Stimmung. Ein sanftes Lächeln war auf ihre Lippen gezaubert und ihre Augen strahlten von innen heraus. In diesem Augenblick wusste ich genau an wen sie dachte. So komisch es klingen mag, aber Sven der Lehrer war in ihrem Leben, in ihren Gedanken und in ihren Gefühlen immer gegenwärtig. Wenn es ihr nicht gut ging und ihre Gedanken wanderten zu Sven, dann half ihr das mental über den Schmerz hinweg und ließ sie wieder fröhlich sein. Es gab ihr Kraft und Energie, auch für die Zukunft. Sie trug immer ein Bild von ihm im Geldbeutel. Das hatte sie noch während eines Schullandheimaufenthaltes ergattert. Obwohl sie seit Jahren keinen Kontakt mehr zu ihm hatte, war er immer bei ihr. Mit dem Gedanken an ihn schlief sie dann irgendwann ein. Natürlich mit einem Lächeln auf den Lippen.

Sophie hatte in den nächsten Tagen eine Menge zu tun. Sie wollte endlich einen Schlussstrich ziehen und reichte die Scheidung ein. Xaver klärte alles ruhig und sachlich mit ihr. Er holte seine persönlichen Sachen ab und zog sich dann vollkommen aus ihrem Leben zurück. Er baute sich ein neues Leben mit der Blondine auf. Er zog sich auch aus dem Leben seines jüngsten Sohnes zurück und trat nicht mehr in Erscheinung.

Es war an einem Donnerstagabend als Sophie mit ihrem Sohn vor meiner Tür stand. Natürlich bat ich die Zwei herein. Sven verschwand in meinem PC Zimmer und zockte. Sophie nahm Platz auf meiner Couch im Wohnzimmer. Sie strotzte schon wieder voller Energie und sie überlegte wie sie sich beruflich verändern könnte. Sie war Sozialarbeiterin und suchte nach einer neuen Herausforderung. Etwas, wo sie gebraucht wurde und dazu wollte sie meine Meinung hören. Da fiel mir mein Brief ein. Ich habe es ihr immer noch nicht gesagt, dass ich in vierzehn Tagen nach Indien fliegen würde. Ich holte uns zwei Gläser und eine Flasche Mineralwasser.

Nachdem ich ihr das Wasser eingeschenkt hatte, sah ich sie an: „Was hältst du von Indien?"

Sie rümpfte die Nase: „Indien? Ist ein tolles Land und ich hätte da sicherlich viel zu tun. Aber was ist mit unserer Freundschaft? Nein, das kann ich nicht! Ich würde dich sofort vermissen."

Irgendwie wurde die Luft sehr dünn und mir stockte der Atem. Ein dicker Kloß im Hals versperrte mir die Worte und ich stotterte nur herum. Wie sollte ich ihr erklären, dass ich nach Indien gehe, ohne sie zu verletzen?

Doch sie merkte etwas und ernst fragte sie: „Was ist los?"

Ich holte den Brief und gab ihn ihr.

„Ich wollte es dir schon länger sagen, aber du warst so traurig. In zwei Wochen fliege ich nach Indien."

Sophie senkte den Kopf und leise rollten Tränen über ihre Wangen. Ich fühlte mich wie ein Verräter, aber ich wollte sie nicht verletzen. Ich setzte mich zu ihr und nahm sie in die Arme.

Sophie trocknete ihre Tränen ab: „Wann wolltest du es mir sagen?"

„Eigentlich an dem Tag, als du deinen Mann in flagranti erwischt hast. Aber das war ein so ungünstiger Zeitpunkt."

Sophie wischte sich die Nase ab und schmunzelte wieder: „Ja, das stimmt!"

Ich zog Sophie wieder an mich: „Aber wenn du möchtest, nehme ich dich mit! Wir können dich über eine Organisation, als Sozialarbeiterin mitnehmen."

„Meinst du, das geht? Du musst aber meinen Kleinen berücksichtigen!"

„Das weiß ich doch! Ich würde dich und den Kleinen niemals trennen. Du wirst sehen, Kinder leben sich schneller ein als Erwachsene. Und wenn es dir wirklich nicht gefällt, darfst du jederzeit heimfliegen. Morgen reich ich eure Papiere ein und dann müssen wir nur noch abwarten."

Sophie stimmte zu und mir fiel ein Stein vom Herzen. Ein Tapetenwechsel tat ihr mal gut. Sie konnte schon wieder lachen und warf mir ein Kissen an den Kopf. Sven hörte es und eilte mir zu Hilfe. Eine wilde Schlacht entstand in meinem Wohnzimmer und dementsprechend sah es auch aus. Am nächsten Tag reichte ich alle Papiere ein. Nun mussten wir nur noch auf die Antwort warten. Die Tage vergingen und jeden Tag eilte Sophie voller Hoffnung zum Briefkasten. Vier Tage bevor der Flug ging, kam der Brief. Es war der letzte Schultag vor den Sommerferien. Wir gingen gemeinsam zum Essen und feierten das Zeugnis von Sven. Beim Essen schob Sophie mir den Brief zu. Neugierig öffnete ich ihn. Es war eine Zusage. Ich freute mich von Herzen. Nun konnten wir gemeinsam nach Indien fliegen. Sophie traf noch einige Vorbereitungen. Unsere Wohnungen gaben wir nicht auf, da es ja nur für eine gewisse Zeit war. Wir packten unsere Koffer und endlich konnte es losgehen.

Endlich saßen wir im Flugzeug nach Delhi. Wir hatten eine Flugzeit von fast acht Stunden, bis wir endlich landeten. Wir mieteten uns am Flughafen ein Auto und fuhren damit an den Stadtrand von Delhi. Dort waren unsere neuen Unterkünfte in einer sehr gepflegten Wohnanlage. Sophie nahm die Wohnung neben mir, damit sie, falls etwas sein sollte jederzeit bei mir klingeln konnte. Die Wohnungen waren ebenerdig. Weil wir Tür an Tür wohnten teilten wir uns eine große Terrasse. Sie war wundervoll zugewachsen mit grünen Pflanzen die es bei uns nicht gab. Die Wohnungen waren nicht sehr groß. Sophie hatte eine Dreizimmerwohnung, jedoch genug Platz für sie und Sven. Die Räume waren recht groß. Die Wohnungen waren nur notdürftig ausgestattet. Aber da machte ich mir keine Sorgen, denn Sophie sorgte schon für eine gewisse Nestwärme.

Nachdem wir unsere Koffer abgestellt hatten fuhren wir in die Zentrale und Praxis, wo man schon auf uns wartete. Sophie wurde dem Team der Sozialarbeiter unterstellt. Ich bekam mein eigenes Team, einen Allgemeinmediziner und eine Hebamme. Schließlich wurden die Slums eingeteilt in Arbeitsbereiche. Ich sorgte dafür, dass Sophie in meinen Arbeitsbereich kam. So konnten wir gemeinsam hin und zurück fahren und ich behielt sie im Auge, denn Frauen lebten sehr gefährlich in Indien.

Am nächsten Tag hatte Sophie noch frei, da sie Sven an der Schule anmelden musste. Sie fand eine englischsprachige Schule, die in Indien eine Elite Schule war. Sie konnte Sven zwar anmelden, aber die Schule hatte noch wegen den Sommerferien geschlossen. Als sie am Nachmittag heimkam, war das Auto überfüllt mit einem großen Einkauf und Sven atmete erleichtert auf, als sie endlich wieder zu Hause waren. Sophie richtete sich ein und kochte das erste Mal in Indien. Anschließend kam sie mit dem Essen auf die Terrasse und der Duft zog zu mir in die Wohnung. Natürlich musste ich hinaus auf die Terrasse gehen, da stand auch schon ein Teller für mich. Das war nach vierundzwanzig Stunden das erste richtige Essen für uns. Beim Essen erzählte ich Sophie von meinem ersten Arbeitstag in den Slums mit Pria, meiner neuen Hebamme.

Sophie schmunzelte: „Du magst sie!"

Ich wurde rot und genoss mein Essen. Sophie wusste immer genau, wenn etwas mit mir nicht stimmte. Sie konnte in meinem Gesicht lesen wie in einem Buch, das war manchmal unheimlich. Indien hatte noch Ferien und so nahm Sophie Sven die nächsten Wochen mit in die Arbeit. Sophie hatte ihn vorsorglich in Deutschland impfen lassen, da es in Indien noch viele Krankheiten gab die bei uns schon als ausgestorben galten. Für Sven war es eine völlig neue Erfahrung. Menschen die in Blechhütten hausten kannte er noch nicht. Als er sah, dass Kinder in seinem Alter arbeiten mussten war er geschockt. Viele Kinder bettelten in den Straßen von Delhi. Eines Tages nahm Sven ein kleines Mädchen an die Hand das bettelte. Er ging mit ihr zu einem Händler und kaufte ihr etwas zu Essen. Es war eine völlig andere Welt als wie bei uns. Es war schön anzusehen, wie Sven sich entwickelte. Manchmal überlegte er fünfmal, ob er sich nun ein PC Spiel kaufte oder das Geld doch lieber sparte. Die Kinder aus den Slums hatten nicht mal Schuhe und so gab Sven seine Schuhe die zu klein waren seiner Mum mit. Auch mit seiner übrigen Kleidung handelte er so. Er überlegte zukünftig dreimal, bevor er etwas wegwarf. Das Schöne daran war, dass seine Mum ihm nicht einmal etwas erklären musste, er erkannte es von allein.

Nach zwölf Wochen hatten wir uns sehr gut in Indien eingelebt. Sven ging gern zur Schule. Er nahm Klavierunterricht und spielte im Cricket-Team. Er lernte auch sehr schnell Englisch und fand viele Freunde. Auch Sophie lebte und arbeitete sich sehr schnell ein. Sie blühte in ihrer Arbeit auf und es war schön zu sehen wieviel Spaß sie an ihrer Arbeit hatte. An manchen Tagen beobachtete ich sie. Manchmal wurde ich ganz neidisch zu erleben, wieviel Liebe und Hoffnung sie den Menschen schenken konnte. Obwohl ihr Arbeitsplatz in Müll und Elend lag, hatte sie jeden Tag Freude an ihrer Arbeit. Als die Monsunzeit in Indien kam, boten die Blechhütten nicht genug Schutz und Sophie stand wochenlang im Regen. Aber auch die medizinische Versorgung war nicht einfach. Wir impften und ich verhalf jeden Tag mehr Babys in den Slums auf die Welt zukommen. Pria stand mir als Hebamme zur Seite und kämpfte mit mir gemeinsam täglich ums Überleben. So hatte jeder von uns seine Aufgabe. Unser Indisch, eine Mischung aus englisch und Hindi, man nennt es auch Talin, war nicht das Beste, aber es wurde von Tag zu Tag besser.

Eines Tages wurde ich in der Nacht von der Zentrale an gepiepst. Eine Frau aus den Slums lag in den Wehen. Ich hatte sie betreut und ich wusste, dass es bei der Geburt zu Komplikationen kommen könnte. So weckte ich Pria und Sophie. Mitten in der Nacht fuhren wir in die Slums und das in der Monsunzeit. Man muss dazu sagen, dass Indien keine richtigen Straßen hat, sondern mehr Matsch- und Sandwege. Als wir ankamen, war die Frau in einem sehr kritischen Zustand und ich musste einen Notkaiserschnitt durchführen, wobei mir Sophie und Pria zur Hand gehen mussten. Leider waren in der Blechhütte nicht die besten Voraussetzungen dafür, von der Hygiene mal ganz abgesehen. Die Frau konnte ich retten, aber sie brachte ein sehr krankes Baby zur Welt. Es hatte einen schweren Herzfehler und musste sofort in einem Krankenhaus versorgt werden. Die Frau wollte ihr Baby nicht und lehnte es ab, da es ein Mädchen war. Ja, Mädchen waren in Indien nicht so gewollt wie Jungen. Pria wickelte das Baby in einem Tuch ein und bat Sophie mit ihr in eine Klinik zu fahren. Es regnete Bäche und die Sicht war sehr schlecht. Doch die zwei Frauen kämpften sich zur Klinik durch. Erst wollten die Ärzte das Baby nicht aufnehmen. Doch so sensibel Sophie sein konnte, so konnte sie auch kämpferisch sein. Und so entschlossen sich die Ärzte das Baby aufzunehmen. Pria holte mich aus den Slums ab und wir fuhren wieder zu Sophie ins Krankenhaus. Sie blieb bei dem Baby bis es in den OP geschoben wurde. Im Morgengrauen kamen wir völlig erledigt nach Hause. Sven schlief noch und so setzten wir uns auf die Terrasse und tranken eine Tasse Kaffee.

Es war ziemlich ruhig, doch Pria durchbrach die Stille: „Was passiert nun mit dem Baby?"

Sophie sammelte ihre Gedanken: „Ich hoffe, die Kleine kommt durch und dann denke ich, bekommt sie einen Platz in einem Heim. Ich werde erst Sven in die Schule bringen und dann schau ich nach der Kleinen."

„Gut, ich begleite dich…Pria kommst du auch mit?"

Pria nickte, so hatten wir wenigstens nur einen Weg. Nachdem wir Sven in der Schule abgeliefert hatten, stieg ich hinten ins Auto zu Pria ein. Sophie merkte, dass sich da etwas anbahnte, doch sie fragte nicht. Als sie in den Rückspiegel sah lächelte sie mir zu. In der Klinik hatten die Ärzte keine guten Nachrichten für uns. Sie hatten in der Nacht das Baby operiert, so gut es ging. Doch der Schaden an seinem kleinen Herzen war so groß, dass es keine Chance auf ein Leben hatte. Sophie sah verzweifelt aus und gemeinsam gingen wir zu dem Baby. Vorsichtig und ganz sanft nahm Sophie das Baby auf den Arm. Sie setzte sich mit der Kleinen auf einen Stuhl. Auch Pria war sehr bedrückt und griff fest nach meiner Hand. Sanft streichelte sie der Kleinen über ihr zartes Köpfchen.

Sophie sah uns an und sprach mit sehr sanfter Stimme: „Warum darf so ein kleines, zartes Wesen nicht leben? Warum sitzt hier nicht ihre Mum und streichelt sie? Warum wird ihr die Mutterliebe verweigert? Warum wird ihr das Leben verweigert mit allen schönen und lieben Dingen dieser Welt?"

Dann sah sie das Baby an: „Nicht einmal sehen darfst du diese Welt."

Nach diesem Satz fing Pria an zu weinen und beugte sich runter zu Sophie. Pria ließ meine Hand nicht los und mit ihrer anderen Hand streichelte sie das Baby. Sophie drückte das Baby ganz fest an ihren Körper und ihre Blicke wanderten zum Fenster. Draußen kamen endlich wieder die ersten Sonnenstrahlen heraus. Ich beobachtete Sophie. Ihre Augen strahlten und ein sanftes Lächeln lag auf ihren Lippen und wieder wusste ich, wer bei ihr war. Ich zog Pria an mich und tröstete sie. Eng schmiegte Pria ihren Kopf an meinen Hals. Wir saßen fast vier Stunden bei dem Baby, bis das Leben den Körper verließ. Ein Arzt kam herein und wollte Sophie das Baby aus dem Arm nehmen. Doch Sophie wollte sich erst noch verabschieden.

Sie beugte sich zu den Ohren des Babys und sagte leise: „Ich wünsche dir viel Glück auf deiner langen Reise und möge Gott stets dein Begleiter sein."

Auch Pria flüsterte der Kleinen etwas ins Ohr. Dann übergaben sie das Baby dem Arzt.

Wir waren heute alle sehr still. Der Arbeitstag verlief sehr ruhig, zwischenzeitlich warfen wir uns nur einen Blick zu. Nach der Arbeit fuhren Pria und Sophie noch in den Tempel, dort beteten sie für das Baby. Jeder betete auf seine ganz besondere Art und Weise.

Nach viele, langen Arbeitstagen hatten wir endlich mal ein paar Tage frei. Wir freuten uns und Pria blieb über Nacht bei mir. Sie hatte schon öfters bei mir übernachtet. Als sie heute Morgen aufstand war ihr schlecht und sie musste sich übergeben. Ich ahnte was auf mich zu kam und ich wollte es gerne genau wissen.

So fragte ich sie: „Pria, kann es sein, dass du schwanger bist?"

Sie sah mich erschrocken an und langsam rollten ihr die Tränen über das Gesicht. Ich stand vom Bett auf und nahm sie in den Arm. Ich würde einen Freudensprung machen, wenn es so wäre!

Sanft wischte ich ihr die Tränen ab und zog sie eng an mich: „Was hast du denn? Das wäre doch schön und ich würde mich freuen."

Ängstlich und unsicher sah sie mich an: „Kannst du nachschauen?"

Ich war verwundert: „Natürlich!"

Mit großen haselnussbraunen Augen sah sie mich an: „Aber bitte gleich!"

Nachdenklich zog ich mich an und fuhr mit ihr in die Zentrale. Dort standen uns Frauenpraxen zu Verfügung und ein Kollege stellte mir einen Raum zur Verfügung. Ich untersuchte Pria. Auf dem Ultraschall schlug ein kleines Herz. Ich freute mich innerlich riesig, doch Pria brach in Tränen aus.

Ich nahm sie in den Arm und sagte nur drei Worte: „Ich liebe dich."

Doch Pria konnte sich nicht beruhigen, immer wieder murmelte sie: „Du verstehst das nicht!"

Schweigend fuhren wir wieder zu mir nach Hause. Pria setzte sich auf die Terrasse und ich machte uns Kaffee. Auch als wir den Kaffee getrunken hatten schwieg Pria. Immer wieder wischte sie sich die Tränen ab. Sprachlos sah ich sie an und hoffte, dass Sophie bald ihre Terrassentüre öffnen würde. Immer wieder versuchte ich mich Pria zu nähern. Aber ihre Körperhaltung gab mir deutlich zu verstehen, dass ich es sein lassen sollte.

Endlich öffnete sich Sophies Terrassentür: „Ja, einen wunderschönen guten Morgen, ihr Zwei."

Sophie holte sich auch eine Tasse Kaffee und setzte sich zu uns. Sie merkte wohl, dass dicke Gewitterwolken anrückten.

Sophie durchbrach die Stille: „Also gut, was ist los?"

Pria brach wieder in Tränen aus und ich versuchte, sie zu trösten. Doch nun lehnte sie vollkommen ab und so zog ich mich zurück in meine Wohnung.

Sophie war verwundert und sah Pria an: „Ey…. Was ist denn los? So schlimm kann es doch nicht sein?"

Pria wischte sich die Tränen ab: „Ich bin schwanger!"

Sanft antwortete Sophie: „Ist doch schön und das mit einem Mann, der immer hinter dir stehen wird."

Pria sah Sophie an und stand auf: „Eben nicht! Ihr versteht das alle nicht!"

Verwirrt sah Sophie Pria an und fragte in einen sehr ernsten Ton: „Wie meinst du das?"

„Ich bin verheiratet!" nun war es raus und Sophie war entsetzt!

Pria schluchzte und setzte fort: „Mein Mann kann keine Kinder zeugen und so schaute ich nach einem Mann, den aber auch ich lieben könnte damit ich schwanger werden konnte. Aber das Schlimme ist, dass ich mich in Sören von Anfang an wirklich verliebt habe."

Sophie fehlten die Worte. Sie war geschockt! Pria verheiratet??

Doch Sophie faste sich schnell wieder: „Pria, wenn du Sören wirklich liebst, dann solltest du Konsequenzen ziehen. Geh ja keinen Kompromiss in der Liebe ein, denn das bereitet dir dein Leben lang Schmerzen! Zumal du noch im Vorteil bist und weißt, dass er dich liebt! Entscheide mit deinem Herzen und nicht mit dem Verstand! Das lege ich dir hiermit sehr ans Herz!"

Pria sah Sophie an: „Was weißt du schon! Ich wurde verheiratet, da hat mich keiner gefragt. Wenn ich jetzt meinen Mann verlasse, dann bin ich ausgestoßen von der Familie."

Sophie stand auf und sah auf Pria hinunter: „Ich denke, ich versteh genug und ich kann es dir nur ans Herz legen. Geh keinen Kompromiss in der Liebe ein!"

Sophie ging verwirrt in ihre Wohnung. Es war für sie unfassbar, dass Frauen so etwas machen, Männer benutzen! Aber Sophie wusste, dass ich Pria unendlich liebte. Sie wollte nicht das ich meine Liebe verliere.

Pria kam zu mir: „Es tut mir leid, aber ich brauche ein paar Tage zum Nachdenken."

Dann verschwand sie durch die Haustür. Ich verstand gar nichts mehr und ging zu Sophie. Sophie erklärte mir alles, aber ich war zutiefst enttäuscht, dass Pria mich angelogen und nur benutzt hatte. Nun war die Lage mal umgekehrt und Sophie tröstete mich. Ich wartete ein paar Tage ab. Es waren qualvolle Tage denn ich liebte sie. Mit jedem Tag verstand ich Sophie mehr und mehr. Liebe kann so schmerzlich sein! Mein Herz wartete sehnsüchtig auf eine Antwort.

Nach acht Tagen stand Pria vor meiner Tür. Die Tränen liefen ihr wieder herunter als sie mich sah. Ich schloss sie fest in meine Arme und es wurde eine wunderschöne Nacht.

Doch im Morgengrauen zog sich Pria an: „Ich werde das Kind abtreiben. Es wäre sonst unfair dir und dem Kind gegenüber. Ich wusste nicht, dass ich mich so in dich verlieben würde."

Mir stockte der Atem, ich war fassungslos!

Ich versuchte Pria aufzuhalten: „Pria! Nein, mach das nicht! Es ist ein Zeichen unserer Liebe. Ich liebe Dich!"

Pria ging aus der Haustür und ich rief ihr noch hinterher: „Nein! Tu das nicht! Bitte!" ...dann sackte ich zu Boden. Sophie hörte das Geschrei und kam zur Tür heraus.

Sie rannte auf mich zu: „Was ist los?"

Ich stellte mich wieder auf meine Füße und sah Sophie mit verweinten Augen an: „Sie will unser Kind abtreiben lassen!"

Sophie nahm mich mit in ihre Wohnung und in einem sehr ernsten Ton sagte sie: „Das werden wir zu verhindern wissen!"

Sophie war bereit, alle kulturellen Unterschiede und Grenzen zu brechen, ohne Rücksicht auf Verluste!

Wir zogen uns alle an und stiegen ins Auto. Sven war noch ganz verschlafen und sollte eigentlich in die Schule. Doch Sophie beschloss, dass er für heute frei hatte. Sie fuhr in die Zentrale um die Adresse von Pria zu holen. Gemeinsam fuhren wir zu Pria nach Hause.

Ein älterer Mann öffnete uns die Tür. Er trug einen gelben Turban.

Sophie musterte den Mann: „Namestaj, wir wollen zu Pria."

Der Mann ließ uns rein und führte uns in eine Halle, dort sollten wir warten. Er holte sie und ihren Mann, er führte die Zwei zu uns.

Ich sah Pria an: „Ich liebe dich Pria und das kleine Wesen das du unter deinem Herzen trägst, ist der Beweis meiner Liebe zu dir."

Pria fing wieder an zu weinen und ihre Augen sagten mir, dass sie mich ebenfalls liebte.

Die Stimme des alten Mannes fing an zu beben. Er war der Schwiegervater von Pria.

Er stellte sich vor ihr und starrte ihr in die Augen: „Stimmt das?"

Ich ging auf Pria zu und wollte sie in den Arm nehmen. Doch der Schwiegervater hielt eine schützende Hand vor ihr.

Wieder ertönte die bebende Stimme, nur diesmal durchdringender: „Stimmt das??"

Ihr Ehemann ließ die Hand von ihr los und drehte sich um. Er ging ein Stück die Treppe hinauf und drehte sich noch einmal um: „Sie liebt ihn! Schau in ihre Augen und du wirst deine Antwort erhalten."

So sensibel Sophie sein konnte, so energisch und kämpferisch konnte sie aber auch sein!

Sophie trat einen Schritt nach vorne und sah den alten Mann an: „Wollen sie, dass eine wahre Liebe zerstört wird? Wollen sie, dass Pria mit ihrem Sohn in der Liebe ein Kompromiss eingeht? Hat ihr Sohn nicht eine ehrliche Liebe verdient?"

Es wurde sehr still und Sophie nahm Pria in den Arm. Mit diesem Satz mischte sich Sophie in die indische Kultur ein. Aber das war ihr egal, denn Liebe kennt keine Kultur und noch weniger Grenzen!

Der alte Mann sah Sophie und Pria an: „Geht alle! Bitte, verlasst mein Haus und kommt nie wieder!"

Ich trat einen Schritt auf den Mann zu: „Aber nicht ohne Pria. Sie ist die Liebe meines Lebens!"

Zornige Blicke durchbohrten mich. Doch dann zog der Mann die schützende Hand von Pria ab. Zornig wischte er ihr das Segenszeichen, das Sindur von der Stirn ab. Das war die Aussage, dass sie von diesem Haus und der Familie verstoßen wurde. Aber sie war auch wieder frei.

Endlich konnte ich Pria in meine Arme schließen. Es war der glücklichste Tag in meinem Leben. Ich war Sophie unendlich dankbar dafür. Sie hatte mir nicht nur geholfen meine Liebe zu bekommen. Nein! Sie hatte auch das Leben meines Kindes gerettet. Pria wohnte von diesem Augenblick an bei mir. Abends, als sich Pria beruhigt hatte, saßen wir wieder alle auf der Terrasse. Ich kuschelte mit Pria. Sophie kuschelte mit ihrem Sohn. Sie schaute in den Himmel, ihre Augen fingen an zu strahlen und ein wunderbares Lächeln lag wieder auf ihren Lippen. Sie dachte wieder an ihn und er gab ihr das Seelenbalsam was sie auch benötigte. Es war seltsam, aber er war nach so vielen Jahren immer noch in ihren Gedanken und ihr Herz schrie vor lauter Sehnsucht nach einer Antwort. Ich musste die Erfahrung machen, wie schmerzhaft es ist, wenn man auf eine Antwort wartet. Doch Sophie war sehr tapfer. Sie wartete schon über ein Jahrzehnt. Mir hätte das das Herz zerrissen.

Heute war in Indien ein besonderer Tag und wir hatten alle frei. Unsere indischen Arbeitskollegen hatten uns zu einem besonderen Fest eingeladen. Es war ein Frühlingsfest in vielen bunten Farben.

Die Inder nennen es „Holi". An diesem Tag sind alle Gesellschaftsschichten gleich, egal welchen Geschlechts, Alters oder gesellschaftlichem Status. Die Menschen feiern und tanzen alle zusammen. Sie bewerfen sich mit Wasser und gefärbtem Puder, dem Gulal. Wer den Übermut ablehnt, der bemalt sich wenigstens mit etwas Farbe. Sie feiern damit den Triumph des Frühlings über den Winter und wie das Gute über das Böse siegt. Da lernten wir ein Stück indische Kultur kennen. Sophie stürzte sich in das Getümmel und tanzte wie wild mit Pria und den anderen. Es war schön zu sehen, wie die beiden ausgelassen tanzten. Aber auch Sven überraschte mich. Selbst er tanzte mit den indischen Männern. Es war richtig was los auf Indiens Straßen. Plötzlich blieb Sophie stehen, weil ihr Handy klingelte. Es war Fabian, ihr ältester Sohn. Er wollte ihr etwas mitteilen. Doch es war so laut, dass Sophie kein Wort verstand. Sie sagte ihm, dass sie ihn später zurückrufen würde. Wir feierten bis in den späten Abend hinein.

Als wir nach Hause fuhren, rief Sophie ihren Sohn Fabian an: „Fabi, ja alles klar bei dir?"

„Was? ...Wie heißt sie? Ja und was möchte die Dame? Ja, du kannst ihr meine Handynummer geben."

Etwas verwirrt beendete Sophie das Gespräch.

Ich sah in den Rückspiegel und fragte Sophie: „...und? Was gab es so dringendes?"

„Gute Frage? Fabian meinte er hätte meinen Briefkasten heute geleert und da hätte eine etwas ältere Dame auf mich gewartet. Sie wollte mich unbedingt sprechen und Fabian erklärte ihr, dass ich schon seit über einem halben Jahr in Indien bin. Sie meinte wohl, es wäre unumgänglich und sie müsste mich sprechen. Ich habe ihm nun erlaubt, ihr meine Handynummer zu geben. Na ja...abwarten!"

Das war schon ein komischer Anruf. Aber gut, wir dachten uns nichts dabei und so beließen wir es dabei. Als wir zu Hause ankamen, wollten wir uns gerade wieder auf die Terrasse setzen, als plötzlich das Handy von Sophie klingelte.

Sophie nahm ihr Handy: „Ja bitte?"

Die andere Stimme sagte: „Hallo, hier ist Jana Mosel, Frau Jensen. Sie kennen mich nicht. Aber ich rufe an wegen meinem Bruder."

„Ja, wer ist denn ihr Bruder?"

„Er hatte einen schweren Motorradunfall und nun liegt er im Koma. Wenn ihm jemand helfen kann, dann nur sie!"

Sophie wurde ganz still am Telefon, die Nachricht riss sie doch ganz schön vom Hocker.

Sie runzelte die Stirn und wurde sehr ernst: „Wer ist ihr Bruder?"

„Sven!"

Sophie sank wortlos auf den Gartenstuhl. Ihre Augen füllten sich mit dicken Tränen. Ihr stockte der Atem. Die Gefühle die sie für ihn hatte kamen nun wieder an die Oberfläche zurück.

Etwas hilflos fragte sie mit sanfter Stimme: „Wie kann ich helfen?"

„Würden sie nach Hamburg fliegen und ihn besuchen? Wohnen können sie selbstverständlich bei mir. Ich weiß, dass sie in Indien sind und dass es kein kurzer Weg ist…"

Kurze Stille herrschte, dann fing die Frau an zu weinen: „Aber ich glaube, sie sind die Einzige die ihm helfen kann. Ich weiß, dass etwas Inneres euch verbindet."

Sophie wusste nicht recht wie sie reagieren sollte. Natürlich wollte sie helfen. Aber er war doch verheiratet? Wo war seine Frau? Was würde sie dazu sagen, wenn Sophie nun auftauchen würde? Wenn Sophie etwas überhaupt nicht wollte, dann seiner Frau begegnen! Gedanken über Gedanken überfluteten Sophies Kopf. Also riss sie sich am Riemen. Sie hatte nichts mehr zu verlieren…

„Aber er ist doch verheiratet! Was sagt seine Frau dazu?"

„Ach die!" fing sie an zu wettern. „Die hat ihn noch nicht einmal besucht. Er liegt seit zwei Monaten bei uns in Hamburg im Koma und sie hält es nicht für nötig, ihren Mann einmal am Krankenbett zu besuchen. Sie ist in Bayern und erklärte uns, dass sie nicht kommen würde."

Nach dieser Aussage war Sophie entsetzt! Was war das denn!? Er war verheiratet und hatte einen schweren Unfall, aber seine Frau nicht an seiner Seite? Sophie runzelte nachdenklich ihre Stirn. Irgendwie wollte sie das nicht so richtig glauben!

„Gut, ich komme! Bitte geben sie mir noch ihre Handynummer, damit ich ihnen Bescheid geben kann, wann ich lande."

Frau Mosel gab Sophie ihre Nummer, dann legte sie auf. Sophie liefen die Tränen herunter. Pria und ich versuchten, Sophie zu trösten. Doch nun war die Sehnsucht nach Sven noch viel größer und sie hatte Angst ihn ganz zu verlieren. Pria und ich übernahmen ihren kleinen Sohn und kümmerten uns so lange um ihn. Schließlich fuhren wir zum Flughafen und versuchten noch einen Flug für heute Nacht zu bekommen. Sie hatte Glück, sie bekam noch einen. Nachdem Sophie in der Luft war, gab ich Frau Mosel die Ankunftszeit per Telefon durch. Aber irgendwie hatte ich ein ungutes Gefühl dabei, Sophie alleine nach Hamburg fliegen zu lassen, zu fremden Leuten!

Nach acht Stunden Flugzeit landete Sophie in Hamburg. Eine große, etwas ältere Frau schritt auf sie zu.

„Frau Jensen?"

„Ja?" sagte Sophie.

„Ich bin Jana Mosel, Svens Schwester." Sie reichte Sophie die Hand.

Dann setzte sie fort: „Sie haben sicherlich einen langen Flug hinter sich. Möchten sie einen Kaffee mit mir trinken?"

Sophie reichte ihr die Hand und nickte. Es war eine schwierige Situation für Sophie. Es kam ihr so unwirklich vor. Sophie hatte eigentlich tausend Fragen, aber sie musste erstmal ihre Fassung wiedererlangen. Gemeinsam gingen die Frauen in ein Café am Flughafen. Sie bestellten sich Cappuccino.

„Wollen wir uns duzen? Ich bin Jana." Sie streckte Sophie die Hand nochmals entgegen.

Sophie sah sie erstaunt an. Sie kannte Sophie doch gar nicht und dann gleich ein Du? Das war schon sehr seltsam. Es ging Sophie alles viel zu schnell. Doch sie wollte herausfinden, was hier verkehrt lief und so streckte sie Jana ihre Hand entgegen.

Sophie sah sie an: „Ja gerne, Sophie."

Der Kellner brachte den Cappuccino. Jana versuchte Sophie in ein Gespräch zu verwickeln. Misstrauisch folgte Sophie Janas Worten.

Jana schmunzelte Sophie an: „Na ja... nachdem du damals so viel angestellt hattest und verzweifelt die Aufmerksamkeit meines Bruders wolltest, bat er mich um Hilfe. Er erzählte mir was du dir so hast einfallen lassen, um ihn zu bekommen. Ich fand das sehr süß und er auch."

Sophie trank einen Schluck Kaffee und wurde etwas rot: „Du meinst, als ich so kindlich um ihn warb!?"

Jana grinste: „Ja schon, aber bitte versteh mich nicht falsch. Wir haben das sehr ernst genommen. Vor allem hat sich mein Bruder schwer in dich verliebt. Aber er wusste nicht, wie er handeln sollte. Du warst die Mutter einer seiner Schüler und warst verheiratet. Gleichzeitig war er in einer festen Beziehung."

Sophie sah über ihren Tassenrand zu Jana und sagte mit sehr sanfter Stimme: „Er hätte nur ein Wort sagen müssen, dann hätten wir das regeln können, aber er tat es nicht!"

Jana fragte Sophie mit einem ernsten Blick: „Du kanntest meinen Bruder nicht wirklich und hättest alles für ihn aufgegeben?"

Sophie trank ihren Kaffee aus und sah dann Jana an: „Ja! Hätte ich! So wie du dich getraut hast, mich für deinen Bruder anzurufen! Du kanntest mich auch nicht und du wusstest auch nicht, ob das alles so stimmte was dein Bruder dir erzählt hat. Du konntest dir auch nicht sicher sein, ob er sich nicht da in irgendetwas verrannt hatte! Wusstest du es? Ich glaube nicht! Aber ich bin jetzt hier oder?"

Jana sah sie erschrocken an und ihr Redefluss verstummte.

Sophie setzte fort: „Das heißt dein Bruder ist in der Liebe einen Kompromiss eingegangen?"

Jana sah Sophie erneut entsetzt an: „Ja... weißt du, du hast dich immer mehr zurückgezogen und er wollte noch etwas warten. Aber nachdem du dich dann ganz aus seinem Leben zurückgezogen hattest, beschloss er seine..." Janas Stimme verstummte.

Sophie sagte mit ernster Miene zu Jana: „Sei mir nicht böse, aber ich habe genug versucht. Ich habe ihn angerufen, ich habe ihm Gedichte über dritte vermittelt und ich habe ihm sms geschrieben. Täglich war ich in der Schule. Er hätte nur ein Wort mit mir reden müssen, aber er tat es nicht! Was hätte ich denn noch machen sollen? Da hatte ich schon einige Grenzen überschritten, zumal ich nicht wusste wie er reagieren würde! Das ging über drei Jahre so! Ich habe ihn angehimmelt und er ist bis heute nicht aus meinem Herzen verschwunden. Mein Herz wartet heute noch sehnsüchtig auf eine Antwort von ihm."

Sophie kämpfte gegen die Tränen. Diesmal wollte sie nicht weinen. Sie war innerlich wütend über sich selbst.

Jana nahm die Hand von Sophie: „Ich weiß..."

Sophie zog ihre Hand zurück. Irgendwie war es für sie eine sehr seltsame Begegnung.

Jana erkannte die nicht erfüllte, sehnsüchtige Liebe in Sophies Herzen. Sophie versuchte sich zu beruhigen. Doch das fiel ihr sehr schwer, da sie innerlich bebte.

Schließlich stand Sophie auf: „Jetzt schauen wir erst mal, dass dein Bruder wieder aufwacht. Das ist für mich das Wichtigste! Alles andere wird die Zeit uns bringen."

Sie bezahlten ihre Rechnung und Sophie stieg in Janas Auto. Sie fuhren an den Stadtrand von Hamburg, wo Jana in einem Einfamilienhaus wohnte. Als sie das Haus betraten stellte Jana ihre Familie vor. Ihren Ehemann Jan und ihre Tochter Marie. Freundlich begrüßten sie Sophie. Danach zeigte Jana Sophie ihr Zimmer. Es war sehr hell und freundlich eingerichtet, mit einem angrenzenden Balkon und einem eigenen Bad. Sophie stellte ihre Reisetasche ab und verschwand in der Dusche. Nachdem sie sich frisch gemacht hatte, ging sie runter ins Wohnzimmer. Jana telefonierte mit der Klinik und teilte dem zuständigen Arzt mit, dass Sophie nun da wäre. Sophie setzte sich auf die Couch. Etwas unheimlich war ihr das Ganze schon. Sie war bei fremden Menschen im Haus, die sie nicht kannte. Doch es war die Schwester der Liebe ihres Lebens. Also konnten diese Menschen nicht schlecht sein. Noch unheimlicher war der Gedanke, dass Svens Frau jederzeit auftauchen könnte. Sophie stellte sich immer noch die Frage, warum seine Frau nicht an seinem Bett saß. Die Situation war für Sophie erdrückend. Innerlich stellte sie sich die Frage, was mache ich eigentlich hier? Endlich hatte Jana das Telefonat beendet.

Jana sah Sophie auffordernd an: „Wenn du bereit bist, können wir in die Klinik fahren."

Dieser Satz riss Sophie aus ihren Gedanken. Sie nahm ihre Jacke, ihre Tasche und dann stiegen sie wieder in Janas Auto. Gemeinsam fuhren sie in die Klinik. Als sie auf der Station ankamen warteten schon zwei Ärzte auf Sophie. Sie stellten sich höflich vor und teilten Sophie mit, worauf sie achten sollte. Dann führten sie Sophie zu Svens Zimmer. Nur eine Glastür trennte Sophie noch von ihrer großen Liebe.

Jana setzte sich auf die Bank vor der Glastür und deutete Sophie an, dass sie hinein gehen sollte. Mutig und entschlossen drückte Sophie die Türklinke runter und betrat das Zimmer. Ihr Herz raste. Mit langsamen Schritten ging sie in Richtung Bett. Die Tränen rollten ihr leise über das Gesicht. Einen Moment lang hielt sie sich am Bett fest. Dann sah sie auf das Bett und da lag er nun. Die langersehnte Liebe ihres Herzens. Acht Jahre waren es nun her, als sie ihn das letzte Mal sah und mit ihm sprach. Sie konnte sich noch gut daran erinnern. Das war der Tag an dem er ihr mitteilte, dass er geheiratet hatte. Langsam näherte sie sich ihm. Er schlief tief und fest. Er sah so friedlich aus. Leise holte sich Sophie einen Stuhl und stellte den neben sein Bett auf. Langsam setzte sie sich hin und sah auf sein Gesicht. Zögerlich nahm sie ihre Hand und streichelte ihm über den Kopf. An seinem linken Bein konnte man noch deutliche Spuren des Unfalls sehen. Am liebsten hätte sie ihn geküsst, aber sie bewahrte die Haltung. Sophie atmete erst einmal tief durch. Dann nahm sie seine Hand und umschloss sie mit ihren Händen. Dicke Tränen rollten über seine Hand. Stundenlang saß Sophie schweigend an seinem Bett. Der Raum war so still, dass es einen erdrückte. Man konnte nur Sophies Schluchzen hören und das Piepsen der Maschine, an denen Sven angeschlossen war. Um Mitternacht schlief Sophie an seinem Bett ein. Immer noch hielt sie seine Hand fest. Jana schlief auf der Bank draußen vor der Glastür. Es folgten für Sophie schwere Tage, aber die Hoffnung gab sie nicht auf...ein Lebensmotto von ihr war "Never give up!" Sie wich Sven nicht einen Tag von der Seite. Ab dem vierzehnten Tag veränderte sich etwas. Sophie streichelte Sven wieder sanft über den Kopf und sein Herzschlag wurde schneller. Das zeigte an, dass er auf körperlichen Kontakt reagierte. Sophie nahm wieder seine Hand und hielt sie fest. Immer wieder streichelte sie Sven zärtlich über das Gesicht. Aber auch an diesem Tag schlief sie spät in der Nacht ein. Doch im Morgengrauen zuckte Svens Hand und weckte Sophie. Langsam erhob sie ihren Oberkörper von seinem Bett und beobachtete ihn. Wieder zuckten seine Hände und Sophie drückte zärtlich zurück. Sophie ließ die Hand nicht los, mit ihrer anderen Hand streichelte sie sanft sein Gesicht.

Nach einer Weile beugte sie sich an sein Ohr und mit zärtlicher Stimme sagte sie: „Please forgive me, i can´t stop loving you."

Seine Augenlider fingen an zu zucken, der Herzschlag wurde schneller und das Gerät fing an zu piepsen. Ein Arzt betrat das Zimmer und schaute nach Sven. Sophie hielt immer noch seine Hand fest. Sie zeigte dem Arzt, dass er ihre Hand immer wieder drückte und auch die Augenlider bewegten sich mehr. Der Arzt lächelte Sophie an, schaltete das Piepsen aus und verließ wieder den Raum. Plötzlich hob Sven seinen Arm und stöhnte. Sophie griff wieder nach seiner Hand und beruhigte ihn mit sanften Worten. Immer wieder bewegte er seine Augenlider, als ob er sie öffnen wollte, sie aber zu schwer waren. In Sophie stieg die Hoffnung.

Als es draußen hell wurde, betrat Jana das Zimmer mit Frühstück und Kaffee. Leise weckte sie Sophie. Sie stand auf und wollte Svens Hand loslassen, aber er hielt sie fest. Erschrocken drehte sich Sophie wieder zu ihm um. Langsam versuchte er seine Augen zu öffnen, aber es fiel ihm sehr schwer.

Sophie setzte sich wieder hin und flüsterte ihm zärtlich ins Ohr: „Komm, ... wach auf, ... mach es wenigstens für dich."

Er konnte nur sehr kurz die Augen öffnen und er erblickte Sophie. Er schenkte ihr ein sanftes Lächeln. Doch dann füllten sich seine Augen mit dicken Tränen, die ihm an den Seiten herunterliefen. Zärtlich trocknete Sophie seine Tränen. Jana holte den zuständigen Arzt. Er schaute nach Sven und Sophie ging nach draußen zu Jana. Gespannt beobachteten die Frauen den Arzt durch die Glasscheibe.

Kurze Zeit später kam der Arzt nach draußen zu Jana und Sophie, er berichtete: „Er ist aus dem Koma aufgewacht, aber noch sehr schwach!"

Dann wandte er sich an Sophie: „Es wäre schön, wenn sie noch bei ihm bleiben würden." Sophie nickte. Der Arzt verabschiedete sich wieder und die zwei Frauen atmeten auf. Sophie liefen die Freudentränen über das Gesicht, aber auch bei Jana drangen die Tränen an die Oberfläche.

Jana sah sie an: „So jetzt frühstücken wir erstmal, damit es nicht heißt, du bekommst bei uns nichts zu essen. Danach muss ich heim und meine Familie in Kenntnis setzen. Aber ich komme heute Nachmittag wieder."

Nach einem kräftigen Frühstück verabschiedete sich Jana und fuhr nach Hause. Sophie ging wieder zu Sven. Sie nahm wieder Platz auf dem Stuhl neben seinem Bett. Zögerlich nahm sie wieder seine Hand und streichelte sie ganz zärtlich. Sven schlief sehr unruhig und immer wieder stöhnte er. Sophie nahm seinen Kopf in ihre Arme und legte ihren Kopf an seinen. Das beruhigte ihn. Irgendwann schlief Sophie ein. Doch Sven öffnete am Nachmittag seine Augen und bemerkte Sophie schlafend an seiner Seite. Als eine Schwester das Zimmer betrat, legte er seinen Zeigefinger auf die Lippen und deutete so an, dass sie doch bitte leise sein sollte. Die Schwester lächelte und nickte. Kurze Zeit später schlief auch Sven wieder ein. Als Sophie aufwachte war es schon abends, Sven schlief noch tief und fest. Sophie stand leise auf und musste sich mal die Füße vertreten. Jana kam gerade den Gang entlang, als Sophie sich einen Kaffee aus dem Automaten rausließ. Freudig begrüßte Jana sie und gemeinsam setzten sie sich auf die Couch im Wartesaal.

Jana fragte: „Ist er schon wach?"

Sophie schüttelte den Kopf: „Nein, als ich das Zimmer eben verließ hat er noch fest geschlafen. Aber ich denke, er müsste demnächst wach werden."

Jana nickte: „Gut, gut und wie geht es dir?"

Sophie blickte Jana unsicher an: „Ich habe ein mulmiges Bauchgefühl. Ich weiß nicht... wie er reagieren wird, wenn er bei vollem Bewusstsein ist. Vielleicht schmeißt er mich raus oder beschimpft mich. Ich weiß es einfach nicht!"

Jana nahm Sophie in den Arm: „Du brauchst keine Angst zu haben. Ich denke nicht, dass er dich beschimpft oder rausschmeißt. Im Gegenteil, ich denke er freut sich dich zu sehen. Na komm, wir schauen mal ob er wach ist."

Sophie stand auf: „Gut, gehen wir in die Höhle des Löwen!"

Sophie rechnete mit allem. Ihre Gefühle waren das reinste Chaos. Sie wusste nicht so ganz, wie sie ihm gegenübertreten sollte. Noch weniger wusste sie, wie sie auf ihn zugehen sollte. Sie wollte ihm so gerne sagen dürfen, was sie für ihn empfand. Doch sie hatte schon immer Angst vor seiner Reaktion. Wie würde sie damit umgehen, wenn er sie ablehnte? Sie wollte ihm so gerne sagen, hey ich liebe dich! Sie wollte ihn so gerne zärtlich küssen dürfen! Sie wollte ihn so gerne zärtlich überall berühren dürfen! Wie gerne hätte sie ihn in ihre Arme geschlossen, aber das alles durfte sie nicht! Ihre Angst vor der Reaktion war größer, als einfach auf ihn zuzugehen und zu sagen, hey ich liebe dich! Nun kam ja noch hinzu, dass er verheiratet war. Das machte die Situation nochmal schwieriger. Endete hier ihr Kampf um ihre Liebe? Würde ihr Herz jemals eine Antwort erhalten? Was wäre, wenn es die falsche Antwort war? Irgendwann sollte sie sich der Situation stellen oder gab er ihr schon die Antwort, indem er geheiratet hat? Oder hatte sie mit ihrem Gefühl Recht, war es nur ein Kompromiss?

Nachdenklich ging Sophie zu Svens Zimmer. Vor der Glastür setzte sie sich auf die Bank.

Jana merkte, dass es Sophie nicht gut ging: „Hey, so schlimm wird es schon nicht werden."

Sophie sah sie zweifelnd an: „Dein Wort in Gottes Ohr!"

Jana stand auf und ging zu ihrem Bruder ins Zimmer. Sie weinte bitterlich als sie ihren Bruder, der wieder bei vollem Bewusstsein war, in ihre Arme schließen konnte. Jana berichtete ihm von allen

Geschehnissen. Sie erzählte ihm auch, dass sie nicht weiterwusste und Hilfe holen musste, als er so lange im Koma lag. Sven liefen die Tränen herunter.

Jana berichtete Sven: „Deine Frau hat es verweigert dich zusehen und sie war bis heute nicht einmal an deinem Bett gesessen, also musste ich Hilfe holen und die bekam ich aus Indien."

Verwirrt sah er Jana an: „Warum wollte meine Frau mich nicht besuchen? Habt ihr wieder gestritten? Und wie meinst du das, du hast Hilfe aus Indien geholt??"

„Na ja...ich wusste ja, wem dein Herz wirklich gehörte und gegen Gefühle kommt man nicht an. Gerade, wenn ein Mensch im Koma liegt, hilft die wahre Liebe am meisten. Und die habe ich in Indien wiedergefunden. Nachdem du aus dem Koma aufgewacht bist, zeigt es mir, dass ich Recht hatte."

Sven wurde nervös: „Wovon sprichst du, Jana? Und wo ist Marianne meine Frau? Du sprichst in Rätseln!"

Jana sagte mit aufgerissenen Augen: „Ich spreche von Sophie, Sven! Was deine Frau betrifft, da wirst du dich selber drum kümmern müssen! Ich habe ihr telefonisch mitgeteilt das du einen Unfall hattest und dass du im Koma liegst! Doch ihre Antwort war...sie hätte dir schon tausendmal gesagt das Motorrad fahren gefährlich sei und deshalb kommt sie nicht!"

Sven hatte einen Kloß im Hals. Er wusste nicht, was er dazu sagen sollte. Ein unangenehmes Gefühl überkam ihn. Wie würde er reagieren, wenn er Sophie nach so vielen Jahren wiedersehen würde? Was sollte er ihr sagen? Wollte er sie überhaupt noch einmal sehen? Und was war das für eine Geschichte mit seiner Frau?! Dass sie so manche Höhen und Tiefen in der Ehe hatten war ihm ja klar, aber das sie ihn so im Stich lassen würde das hätte er nicht angenommen. Sven war vertieft in seine Gedanken und Jana redete, redete und redete....

Dann setzte sie fort: „Ich fragte sie, ob sie mir helfen würde und sie tat es! Ohne einmal darüber nachzudenken! Sie kam extra aus Indien her. Sie saß die letzten Wochen an deinem Bett und hielt deine Hand. Sie war es, die dich sanft über den Kopf streichelte! Sie war es, die die Hoffnung nicht aufgab und nicht deine Frau."

Sven war sprachlos. Seine Augen waren mit Tränen gefüllt. Er konnte nur sehr schwer schlucken. Verzweifelt wischte er sich die Tränen aus dem Gesicht.

Nach einer Weile fasste er sich wieder: „Dann habe ich heute Nachmittag doch nicht geträumt. Dann lag ich wirklich in ihren Armen!"

Jana nahm seine Hand und streichelte sie: „Nein, da hast du nicht geträumt. Das war die Wirklichkeit."

Immer wieder drangen die Tränen nach außen und Sven wischte sie nervös ab. Mit rauer Stimme fragte er: „Wo ist Sophie jetzt?"

„Sie sitzt draußen und trinkt einen Kaffee. Ich werde sie jetzt hereinbitten, aber ich lasse euch alleine. Ich denke, ihr wollt bestimmt miteinander reden. Aber verletz sie nicht! Das würde sie nicht verkraften. Zumal sie Angst vor deiner Reaktion hat. Das deine Frau nicht an deiner Seite ist hat sie natürlich mitbekommen...aber das erklärst du selber."

Sven wusste sofort, dass es viele Fragen zu beantworten gab und mit großen Augen sah er seine Schwester an: „Ich weiß nicht Jana, ich möchte Sophie keine Hoffnung machen. Ich mag sie...ich mag sie wirklich sehr gerne, aber ich bin verheiratet. Natürlich bin ich ihr sehr dankbar für das was sie für mich getan hat...kurze Stille zog durch den Raum...er schüttelte den Kopf...aber warum Marianne nicht hier ist das versteh ich nicht!"

Jana sah ihrem Bruder an: „Das kommt dabei raus, wenn man in der Liebe einen Kompromiss eingeht. Auch wenn es damals schwer geworden wäre hättet ihr gemeinsam die Probleme aus dem Weg räumen können. Heute müsst ihr mit euren falschen Entscheidungen leben oder euren Lebensweg korrigieren! Aber glaub mir, wenn es noch was Schlimmeres im Leben gibt, dann das, wenn man sich selbst belügt! Doch das könnt ihr nur alleine regeln, da misch ich mich nicht mehr ein! Zumal ich sie jetzt kennen gelernt habe und ich finde jeder sollte eine zweite Chance bekommen. Ich kann das nicht und wenn ich Sophie ansehe dann stimmt es mich traurig!"

Jana sah ihren Bruder traurig an und verabschiedete sich. Sie ging zu Sophie nach draußen und setzte sich zu ihr auf die Bank: „Na, geht es wieder? Ich habe Sven alles erzählt. Er wartet auf dich."

Sophie war ängstlich und wollte nur ungern in diesen Raum zurückkehren. Sie war sich sehr unsicher und wusste nicht, wie sie sich verhalten sollte. Das kannte sie schon von früheren Situationen in seiner Gegenwart. Das war mehr peinlich als gut und immer versuchte sie sich rauszureden. Doch diesmal musste sie sich der Situation stellen.

Jana holte aus ihrer Tasche einen Haustürschlüssel und gab den Sophie: „Falls du heute Nacht heim möchtest."

Dann verabschiedete sie sich von Sophie und fuhr nach Hause. Sophie blieb noch fünf Minuten sitzen, bevor sie sich in die Höhle des Löwen wagte. Ihr Herz raste wie wild, als sie aufstehen wollte. Doch dann ging sie wieder vor in den Wartesaal und holte sich noch einen Kaffee. Sie setzte sich auf die Couch und dachte nach. Sie wollte sich nur einmal ganz sicher sein in ihrem Verhalten Sven gegenüber. Sie wollte ihm nicht schon wieder mit ihren Gefühlsduseleien auf die Nerven gehen. Doch was sollte sie denn tun, Gefühle konnte man nicht abstellen. Sophie sah auf die Uhr. Erschrocken stellte sie fest, dass sie nun schon seit einer Stunde im Wartesaal saß. Eigentlich sollte sie zu Sven reingehen, doch sie hatte keine Motivation dafür. Sie fühlte sich mit den ganzen verschiedenen und unsicheren Gefühlen total überfordert. Vor lauter Denken schlief Sophie erschöpft auf der Couch ein. Um eine Uhr nachts wachte sie wieder auf. Mit zögernden Schritten bewegte sie sich auf Svens Zimmer zu. Es war dunkel in seinem Zimmer. Leise öffnete sie die Glastür in der Hoffnung, dass er schlief. Sie schlich sich auf Zehenspitzen an sein Bett und setzte sich auf den Stuhl. Doch er hörte sie und knipste das kleine Licht an, was neben ihm auf seinem Nachttisch stand. Erschrocken sah Sophie Sven an.

Sven schenkte ihr ein Lächeln. Er erhob sich und stützte sich auf seinen Ellenbogen ab. Sophie sagte kein Wort. Sven sah sie an, aber beide wussten nicht, was sie eigentlich sagen sollten. Sophies Herz raste und der Puls schnellte in die Höhe. Sie versuchte sich in den Griff zu bekommen ohne dass es Sven merkte. Es dauerte eine Weile, aber dann beruhigte sie sich so langsam. Plötzlich streckte Sven ihr die Hand entgegen. Sophies Hände waren ganz verschwitzt und sie wusste nicht, ob sie ihm ihre Hand geben wollte. Sie starrte auf seine Hand, doch sie gab ihm nicht die Hand. Sven merkte, dass Sophie die Hand verweigerte und zog seine Hand langsam zurück. Immer noch starrte sie ihn an und sie war erstaunt über sich selber. Sie war sehr ruhig und kam wunderbar damit zurecht, wenn sie mit ihm einfach mal nicht redete.

Sven ließ sich in seinem Bett auf den Rücken fallen: „Sophie, Sophie, Sophie... was soll ich nur mit dir machen!"

Sophie fand die Situation sehr interessant, sie schlug ihre Beine übereinander und stützte ihr Kinn mit den Fingern ab. Sie beschloss ihm einfach mal zuzuhören, zu beobachten und nichts zu sagen.

Sven erhob sich wieder und stützte sich auf dem Ellenbogen ab. Dann fragte er Sophie: „Willst du gar nichts sagen?"

Sophie war immer noch in ihrer Position, aber sie schenkte ihm ein sanftes Lächeln. Sie überlegte...wollte sie ihm etwas sagen? Nein! Denn sie hatte es oft genug versucht, ihm etwas zu sagen. Also hielt sie seinem Blick stand. Aber er wusste scheinbar nicht, wo er anfangen sollte. Also ließ er sich erneut auf den Rücken fallen.

Er starrte an die Decke: „Weißt du eigentlich, dass du es mir nicht gerade einfach machst?" Langsam drehte er seinen Kopf wieder zu Sophie und sah sie an.

Sophie behielt ihre Position bei und legte nur ihren Kopf schief, damit er das Gefühl hatte, dass sie ihm zu hörte.

Sven wirkte nervös, er wiederholte sich: „Willst du nicht auch mal was sagen?"

Sophie hielt inne und sah ihn freundlich an, aber sie schwieg. So fühlte man sich also, wenn man mal nicht, herumstotterte, nicht verwirrt war und vor allem nicht in peinliche Situationen rutschte. Sophie genoss die Situation und wollte ihren Vorteil nicht verlieren.

Sven starrte wieder an die Decke und mit der Zeit schlief er wieder ein. Sophie fühlte sich das erste Mal in seiner Gegenwart angenehm wohl! Ohne dass sie Angst hatte, etwas Falsches zu sagen oder zu tun.

Auch Sophie schlief irgendwann auf dem Stuhl ein. Am Morgen betrat eine Schwester das Zimmer, da wurde Sven wach. Er sah zur Seite zu Sophie. Da saß sie nun und er wusste nicht, was er ihr sagen sollte. Sophie schlief noch und Sven deutete der Schwester an, dass sie doch bitte leise sein sollte. Die Schwester nickte und forderte Sven auf, aufzustehen. Sie ging mit ihm langsam den Gang rauf und runter, damit sein Kreislauf wieder in Schwung kam. Vor allem musste der Muskel wieder langsam aufgebaut werden. Doch seine Beine waren sehr schwach und zitterten, immer wieder mussten sie eine Pause einlegen. Nach einer Weile brachte die Schwester ihn wieder ins Zimmer. Er setzte sich aufrecht in sein Bett und beobachtete Sophie beim Schlafen. Die Schwester verließ wieder den Raum. Sven überlegte lange, was er Sophie sagen wollte. Er war in sich selbst gefangen, auf der einen Seite war er verheiratet, doch seine Frau war nicht bei ihm! Auf der anderen Seite war Sophie, wo er wusste wie ernst die Gefühlslage war. Er hatte viele Gefühle für sie, doch nun stand die Ehe dazwischen. Wie sollte er sich nun entscheiden? Wie sollte er nun handeln?

Viele Gedanken kreisten in seinem Kopf herum als endlich Sophie langsam ihre Augen öffnete. Mit den Händen rieb sie sich den Schlaf aus den Augen. Langsam nahm sie wieder eine aufrechte Haltung an. Als sie ihre Blicke nach vorne richtete, sah sie, dass Sven sie anlächelte. Aber Sophie wollte sich nicht wieder ihre Ruhe nehmen lassen. Sie stand vom Stuhl auf und verließ wortlos das Zimmer. Sven sah ihr hinterher, doch er sagte nichts. Sie brauchte dringend einen Kaffee, um wieder klar denken zu können. Sie stellte sich, in Gedanken vertieft, vor den Kaffeeautomaten und drückte den Knopf für schwarzen Kaffee. Sie streckte sich und entnahm den Kaffee und setzte sich auf die Couch. Ihre Sinne wurden nach und nach wieder wach. Sie schmunzelte. So wie sie sich Sven gegenüber verhalten hatte, gab es ihr ein gutes Gefühl, obwohl es wohl ein psychologischer Machtkampf war. Langsam stand sie wieder auf und suchte sich ein Bad, wo sie sich etwas frisch machen konnte. Anschließend ging sie wieder zu Sven ins Zimmer zurück. Als Sophie sein Zimmer betrat, sah Sven auf sie. Seine Blicke folgten ihr, bis sie auf dem Stuhl wieder Platz genommen hatte.

Überrascht sah er sie an: „Ich wünsche dir auch einen guten Morgen."

Sophie lächelte ihm zu und nickte.

Sven meinte: „Ich habe keine Lust auf dieses Spiel Sophie!" und machte Anstalten, das Bett zu verlassen. Doch Svens Beine waren noch nicht für einen Alleingang bereit. Als er aus seinem Bett aufstehen wollte, sackte er leicht zusammen und Sophie sprang erschrocken von ihrem Stuhl auf und fing ihn auf. Langsam half sie ihm in die Senkrechte. Nun stand Sven sehr nah bei ihr, beugte sich zu Sophie herunter und drückte zärtlich seine Lippen auf ihre. Sie erwiderte den Kuss. Vorsichtig setzte sie Sven wieder auf seinem Bett ab und deckte ihn zu. Als sie sich umdrehen wollte, packte Sven sie an ihrem Handgelenk und zog sie zu sich heran.

Zärtlich flüsterte er ihr ins Ohr: „Ich liebe dich."

Sophie spürte, wie ihr psychisches Gerüst bröckelte und sie wieder sehr labil wurde. Doch sie wollte immer noch nichts sagen. Sie setzte sich zu ihm aufs Bett und sah ihm in die Augen. Sie hatte nichts zu verlieren. Sie wartete eigentlich auf eine Erklärung von ihm. Stattdessen füllten sich seine Augen mit Tränen. Sophie schloss ihn in ihre Arme, ohne ihn zu fragen. Aber er ließ es zu! Sven drückte ihren Oberkörper fest an sich. Zärtlich küsste er ihren Hals und dann ihre Lippen. Doch so ganz wollte es Sophie nicht zulassen, denn sie hatte immer noch keine Erklärung von ihm. So stoppte sie ihn in seiner Leidenschaft und sah ihn fragend an. Sven hatte noch nicht die Kraft, sich lange aufrecht zu halten und so lehnte er sich wieder zurück in sein Kissen.

Er hielt Sophies Hand fest und sagte: „Ich weiß...du willst eine Erklärung."

Sophie sah ihn ernst an und hörte ihm aufmerksam zu.

Wieder liefen ihm die Tränen herunter: „Ich weiß nicht, was ich sagen soll."

Sophie wischte ihm mit ihrer Hand die Tränen fort. Schließlich beugte sie sich zu seinem Mund und gab ihm einen innigen Kuss. Sie hoffte, dass es ihm so leichter fallen würde, ihr zu erklären, warum er damals nicht ein Wort sagte. Sie verlangte doch nicht viel. Sie wollte doch nur wissen, warum?

Sven sah sie wieder an: „Ich hatte mich damals in dich verliebt! Aber du warst verheiratet und ich hatte eine Beziehung, die allerdings nicht so gut lief. Ich fühlte mich in deiner Gegenwart wohl und ich fand es schön, wie du dich um mich bemüht hast, auch wenn es etwas kindlich war. Aber ich wusste nicht, was ich tun sollte. Mir waren die Hände gebunden. Es tut mir leid."

Sophie sah ihn immer noch stumm an. Nun tropften ihre Tränen auf seine Hände. Sven richtete sich auf und nahm Sophie ihn seine Arme.

Zärtlich sagte er: „Es tut mir leid...ich wollte das nicht!"

Sophie fühlte sich wohl bei ihm, er war immer so sanft. Seine Stimme gab ihr die Sicherheit und er war so unendlich gefühlvoll. Sven streichelte sie zärtlich durch ihre Locken und küsste sie. Sophie wurde zu flüssigem Wachs in seinen Händen und schmolz dahin. Doch so langsam wurde es Mittag. Jana betrat das Zimmer und sah die Zwei überrascht an. Sophie löste sich aus seiner zärtlichen Umarmung und stand wortlos auf. Sie schenkte Jana ein Lächeln und verließ den Raum. Sophie steuerte wieder direkt den Kaffeeautomaten an und ließ sich wieder schwarzen Kaffee raus. Nachdenklich setzte sie sich auf die Couch im Wartesaal, die so langsam zu ihrer Heimat wurde. Auf der einen Seite fühlte sie sich für einen Moment wirklich glücklich. Doch auf der anderen Seite wusste sie, er ist verheiratet. Aber er lachte immer so sanft, er sprach so zärtlich, dann noch seine Gestik dazu und vor allem seine strahlenden, blauen Augen. Das machte ihr Herz weich. Sophie hatte noch nie erlebt, dass er zornig oder sauer war. Er war immer sehr diszipliniert und löste alle Konflikte sehr ruhig. Mit einem Lächeln auf ihren Lippen und mit den Gedanken bei ihm, trank Sophie ihren Kaffee. Etwas später kam auch Jana zu ihr und setzte sich zu ihr auf die Couch.

Jana sah sie an: „Alles okay?"

Sophie wischte die Locken aus ihrem Gesicht und lächelte sie an.

„Möchtest du mit heimfahren?"

Sophie nickte und gemeinsam fuhren sie zu Jana nach Hause. Sophie duschte sich erst einmal und legte sich dann für ein paar Stunden ins Bett.

Jana stand unten in der Küche, als das Telefon klingelte. Es war Sophies kleiner Sohn.

„Ja, Mosel am Apparat?"

„Hallo, hier ist Sven, darf ich meine Mum Sophie sprechen?"

Jana stockte der Atem. Sie wusste nicht, dass Sophie einen kleinen Sohn hatte, noch dazu mit dem Namen ihres Bruders.

Doch schnell fing sie sich wieder: „Ja, Moment, ich muss sie erst wecken."

Jana ging leise die Treppen hoch zu Sophie. Verstört gab Jana Sophie den Hörer. Sophie sah sie verschlafen und verwirrt an, schließlich nahm sie den Hörer.

„Ja, bitte?"

„Ich bin es Mum, wie geht es dir?"

Sophie freute sich, die Stimme von ihrem Kleinen zu hören: „Hey, gut und euch? Was machst du?"

„Wir haben heute schulfrei. Ich fahre gleich mit Sören und Pria zum Ultraschall. Das Baby in Prias Bauch anschauen. Sören ist schon ganz nervös und nervt Pria."

Sophie lächelte: „Na dann wünsche ich euch mal viel Spaß."

„Mum, ich vermisse dich! Wann kommst du wieder zu mir?"

Sophie schmunzelte: „Bald mein kleiner Schatz, bald."

„Gut, wir müssen jetzt fahren! Ich habe dich lieb."

„Ich dich auch, mein Schatz. Ich wünsche euch einen schönen Tag."

Sophie legte auf, sie vermisste ihren kleinen Sohn schon sehr. Sie stand auf. Nachdem sie sich angezogen hatte, ging sie die Treppen hinunter zu Jana. Sophie setzte sich an die Theke und beobachtete Jana. Sie stand in der Küche und die Tränen liefen ihr runter.

„Hey...was ist los?" fragte Sophie sanft.

Jana wischte sich die Tränen ab: „Möchtest du einen Kaffee?"

Sophie schmunzelte: „Ja, sehr gerne."

Jana setzte sich zu Sophie an die Theke und schenkte beiden einen Kaffee ein.

Nach einer Weile fragte sie Sophie: „Und? Wie war es? Aber da du ja noch lebst, war er wohl nicht sauer auf dich?"

Wieder musste Sophie schmunzeln: „Nein, war er nicht."

Jana blickte immer noch fragend zu Sophie, aber die war schon wieder mit ihren Gedanken bei Sven.

Jana gab nicht auf und versuchte, Sophie auszufragen: „Sag mal, wie alt ist dein Sohn?"

Sophie sah auf: „Acht, er wird bald neun. Warum?"

„Ich habe mit ihm telefoniert. Er ist süß. Ich wusste gar nicht, dass du noch so einen kleinen Sohn hast."

Verwirrt und fragend sah Sophie Jana an, doch das Klingeln des Telefons unterbrach ihr Gespräch. Es war Sven und Jana ging in einen anderen Raum, um ungestört mit ihm zu telefonieren.

„Ja, Mosel?"

„Hallo, ich bin es Sven."

„Hallo, na geht es dir schon besser jetzt?"

„Ja, das Laufen geht schon sehr gut. Ich laufe die ganze Zeit den Gang rauf und runter. Ist Sophie da? Ich würde gerne nochmal mit ihr reden, aber persönlich. Es wäre schön, wenn sie heute noch einmal ins Krankenhaus kommen würde."

„Sven, was hast du vor?"

„Jana, ich habe ihr gesagt, dass ich verheiratet bin. Ich weiß nicht, was ich tun soll! Meine Gefühle sind das reinste Chaos und ich denke ich sollte erst einmal mit Marianne sprechen. Ich möchte gerne geordnete Verhältnisse schaffen!"

Jana wurde sehr ernst: „Sven, liebst du Sophie? Dann verletze sie bitte nicht!"

„Ja Jana, ich liebe sie!"

Jana erwiderte: „Dann bring dein Leben in Ordnung. Aber verzichte nicht auf die Liebe deines Lebens, es wird dir sonst das Herz brechen! Du wirst nie wieder jemanden finden, der dich so von ganzem Herzen liebt, wie sie!"

„Was soll ich denn tun? Ich muss erst mit Marianne sprechen ohne sie kann ich keine Ordnung herstellen!"

„Das Richtige! Sophie hat die letzten Wochen an deinem Bett gesessen und hatte Angst um dich. Sie war es, die dir die Hand hielt und sie war es, die dich sanft streichelte! Nicht deine Ehefrau! Sie hat dich nicht einmal besucht!"

Mit brüchiger Stimme sagte er: „Ich weiß...ich liebe sie auch."

Jana setzte fort: „Hast du eigentlich einmal an deinen Sohn gedacht?"

Sven war entsetzt: „Hat das Sophie gesagt?"

„Nein! Das braucht sie auch nicht. Ich habe heute Mittag mit dem Kleinen telefoniert. Er ist wirklich süß. Eins und eins kann ich auch selbst zusammenzählen!"

Sven schwieg.

„Überleg dir gut, was du nun tust! Ich gebe dir jetzt Sophie."

Jana ging wieder zu Sophie und gab ihr den Hörer.

Sophie nahm den Hörer: „Hey...wie geht es dir?"

„Danke, gut."

Sophie merkte schon an seiner Stimme, dass etwas nicht stimmte.

„Sophie?"

„Ja?"

„Können wir heute miteinander reden? Es wäre mir sehr wichtig."

Sophie wusste, dass es nicht einfach werden würde: „Ja, ich komme heute Abend in die Klinik."

„Gut, ich danke dir."

Sie beendeten das Gespräch und Sophie ging zu Jana. Schweigend setzte sie sich wieder an die Theke zu ihrem Kaffee. Sie wusste, dass er verheiratet war. Doch sie hoffte, dass er sich für sie entscheiden würde. Natürlich hatte sie Angst, ihn schon wieder zu verlieren, denn dann würde die Sehnsucht in ihrem Herzen erneut ausbrechen. Viele Gedanken durchstreiften ihren Kopf. Am Abend gab ihr Jana das Auto und Sophie fuhr in die Klinik.

Als Sophie auf seiner Station ankam, war es ihr schwer ums Herz geworden. Die Angst steigerte sich mit jedem Schritt, mit dem sie sich seinem Zimmer näherte. Seine Stimme am Telefon war zwar sanft, aber sehr nüchtern. Sophie wollte sich dem Gespräch stellen. Sie wollte nicht wieder davonrennen wie ein kleines Kind. Sie betrat sein Zimmer und langsam schloss sie die Tür hinter sich. In diesem Augenblick dachte sie daran, wie schön es war von ihm in den Arm genommen zu werden. Wie geborgen und sicher sie sich da gefühlt hatte. Sven saß aufrecht in seinem Bett und deutete Sophie an, dass sie sich zu ihm ans Bett setzen sollte.

Sven sprach sie an: „Ich liebe dich. Aber ich bin verheiratet und soweit ich weiß, du auch."

Sophies Augen füllten sich mit Tränen. Sie schüttelte den Kopf und mit zittriger Stimme antwortete sie: „Nein! Ich nicht mehr."

Auch Sven schluckte schwer. Sein Blick wurde sehr weich: „Bitte, lass uns vernünftig sein. Ich liebe dich, aber meine Ehe steht dazwischen. Ich muss sehr viel klären und ich weiß bis jetzt nicht warum meine Frau mich nicht besucht. Gut, als ich zu meiner Schwester mit dem Motorrad fuhr, war Marianne sauer. Sie versteht sich mit meiner Schwester nicht und ich bin dann allein gefahren."

Fragend sah Sophie ihn an und langsam fiel Sven in sich zusammen. Er schloss Sophie fest in seine Arme. Sophie war verwirrt und wusste nicht, wie sie sich verhalten sollte. Gerne hätte sie die Umarmung erwidert, aber unter anderen Umständen. Er verlangte von ihr, die Vernunft über die Liebe zu stellen? Das konnte sie nicht! Sven war gefangen in seinem eigenen Käfig, den er sich erschaffen hatte und nur er konnte es ändern.

Sophie löste sich aus seiner Umarmung und wollte gehen, doch Sven hielt sie am Handgelenk fest.

Sophie blickte ihn verweint an und mit zittriger Stimme sagte sie: „Ich kann und will nicht mehr vernünftig sein! Verdammt nochmal Sven, was soll ich denn tun? Ich kann die Vernunft nicht über die Liebe stellen! Ich habe Gefühle für dich, die ich leider nicht per Knopfdruck abstellen kann!" Sophie senkte die Stimme „Sonst würde ich es tun!"

Erschrocken sah Sven sie an und langsam ließ er Sophie los. Sie drehte sich um und verließ das Zimmer. Traurig sah Sven ihr hinterher. Sophie ging wieder in den Wartesaal, um sich zu beruhigen. Sven lebte den Kompromiss in der Liebe und das wollte Sophie nie mehr. Sollte das nun die Antwort auf die Sehnsucht in ihrem Herzen sein? Sophie war verzweifelt und ihre Gefühle waren ein reines Chaos. Hatte sie doch so eine starke Sehnsucht nach seiner Liebe. Sie wollte seine Küsse spüren dürfen. Sie wollte seine Nähe spüren dürfen. Sie wollte seine zärtlichen Hände spüren dürfen. Sie wollte seine Umarmung spüren dürfen. Doch das alles verweigerte er ihr, da er den Kompromiss in der Liebe leben wollte! Traurig fuhr Sophie zu Jana und erst sehr spät in der Nacht schlief sie ein.

Sophie wachte am nächsten Tag schon sehr früh auf. Sie konnte nicht gut schlafen, blieb aber noch liegen und überlegte. Sollte sie Sven noch einmal besuchen, bevor sie nach Indien zurückfliegt? Sollte sie es noch einmal versuchen, ihn davon zu überzeugen, dass man in der Liebe keine Kompromisse eingeht? Sollte sie ihm noch einmal unmissverständlich klar machen, wie sehr sie ihn liebte? Würde das etwas ändern an seinem Entschluss?

Mit traurigem Herzen stand Sophie auf und ging unter die Dusche. Anschließend zog sie sich an, packte ihre Reisetasche und ging hinunter ins Wohnzimmer. Jana saß bereits an der Küchentheke und trank ihren Kaffee.

Als Sophie die Treppe runterkam, legte Jana die Zeitung zur Seite und sah sie verwundert an: „Guten Morgen, du hast gepackt? Was ist passiert?"

Sophie seufzte: „Nun ja, dein Bruder ist verheiratet. Er will sein Leben ordnen und mit seiner Frau sprechen. Ich denke da habe ich keinen Platz in seinem Leben! Es wird besser sein, wenn ich an dieser Stelle aus seinem Lebenszug aussteige!"

Jana war entsetzt: „Hat er das gesagt!?"

Sophie nickte und schenkte sich einen Kaffee ein. Eine Zeitlang schwiegen die Frauen und tranken ihren Kaffee. Jana wurde wütend auf ihren Bruder und verstand ihn nicht.

Sie fragte Sophie: „Und? Was hast du nun vor?"

„Ich werde mich heute von ihm verabschieden und wieder nach Indien fliegen. Ich kann nichts mehr für ihn tun. Er möchte gerne den Kompromiss in der Liebe leben und ich kann das nicht. Deshalb ist es besser, wenn ich mich aus seinem Leben wieder zurückziehe."

Jana wurde wütend und überlegte genau, was sie nun sagte: „Das kann doch nicht euer Ernst sein! Warum kämpft ihr nicht um eure Liebe?"

Sophie sagte mit ernster Miene: „Um was soll ich denn da kämpfen, er weiß, dass ich ihn liebe. Aber er lehnt es ab! Und ihn zu dieser Liebe zu überreden, das wäre dann keine Liebe! Er muss den Weg zu mir allein finden. Wenn er mich wirklich liebt, dann findet er den Weg!"

Jana schnappte nach Luft, sie wusste nicht, wie sie es Sophie sagen sollte: „Aber er hat mir gesagt, dass er dich liebt!"

Sophie nickte und erklärte ganz ruhig: „Ja, das tut er, aber er ist verheiratet und ich denke, er will seine Frau nicht verletzen! Ich denke, er liebt mich auf eine andere Art und Weise....es ist besser ich ziehe mich zurück."

Jana senkte den Kopf und sagte leise: „Aber so betrügt er nicht nur sich selbst, sondern er würde seine Frau auch um die wahre Liebe betrügen!"

Sophie trank ihren Kaffee aus und winkte ab: „Würde?? Ich denke das tut er! Ich werde auf ihn warten und solange ziehe ich mich erst mal aus seinem Leben zurück. So hat er die Möglichkeit sich über seine Gefühle im Klaren zu werden und vielleicht zeigt ihm die Sehnsucht in seinem Herzen eines Tages den richtigen Weg."

Jana liefen die Tränen an der Wange herunter: „Bist du so stark, dass du ein Leben lang auf deine Liebe warten kannst?"

Sophie nahm Jana in den Arm und tröstete sie: „Ja! Schau mal, ich habe so lange gewartet und wusste nicht, dass er mich liebt. Diese Antwort allein lässt mich hoffen, dass sich meine Liebe eines Tages erfüllt. Ich fliege zurück mit der Gewissheit im Herzen, dass er mich liebt. Das ist doch schon ein kleiner Schritt nach vorne. Es ist einfach schön zu wissen, dass die Liebe deines Herzens dich auch liebt!"

Jana bewunderte Sophie. Wie gerne hätte sie ihr geholfen, aber das konnte sie nicht. Es war Svens Aufgabe den Weg zu Sophie zu finden.

Gemeinsam fuhren sie zum Flughafen und Sophie buchte einen Flug für abends nach Delhi. Danach fuhren sie ins Krankenhaus zu Sven. Jana setzte sich in den Wartesaal. Sie hoffte immer noch, dass ihr Bruder sich umentscheiden würde. Sophie ging allein zu Sven ins Zimmer.

Sven begrüßte sie: „Hey, wie geht es dir? Noch sehr enttäuscht?" Er streichelte ihr durch die Locken und schloss sie in seine Arme.

Sophie erwiderte seine Umarmung und sagte ihm mit zärtlicher Stimme: „Ich fliege heute zurück. Ich wollte mich nur von dir verabschieden."

Sven drückte Sophie fest an sich. Er küsste sie zärtlich und innig auf ihren Mund. Seine Hände glitten zärtlich über ihren Körper. Sophie genoss es. Doch dann näherte sich der Abschied. Sven liefen leise die Tränen übers Gesicht und auch Sophie hatte sich nur schwer im Griff.

Sie küsste ihn zärtlich: „Ich liebe dich. Wenn du mich vermisst, schau abends in den Himmel und such den hellsten Stern. Er wird uns verbinden. Deine Schwester hat meine Telefonnummer, falls du mit mir reden möchtest."

Sein trauriger Blick verstärkte sich: „Ich liebe dich auch!"

Langsam löste sich Sophie aus der wundervollen Umarmung von Sven und ging aus seinem Zimmer. Schweigend ging sie zu Jana in den Wartesaal. Fragend und hoffnungsvoll sah Jana Sophie an, aber sie schwieg. Sie nahm ihre Reisetasche und fuhr mit Jana zum Flughafen. Kurz bevor sie eincheckte, bedankte sie sich bei Jana für alles, vor allem dafür, dass sie ihr eine Chance gegeben hatte.

Jana umarmte und drückte sie fest: „Ich hoffe, wir sehen uns bald wieder!"

Sophie verabschiedete sich und stieg ins Flugzeug. Mit einem Gefühlschaos im Herzen saß Sophie im Flieger. Auf der einen Seite sehr glücklich, da sie nun endlich wusste, dass Sven sie liebte. Auf der anderen Seite mit sehr schwerem Herzen, weil diese Liebe nicht ihr gehörte. Aber sie hatte wieder Hoffnung, dass Sven doch eines Tages vor ihrer Tür stehen würde. Mit diesem tröstlichen Gedanken flog sie zurück nach Delhi.

Jana hingegen war sehr betrübt und sauer. Sie fuhr traurig in die Klinik zu ihrem Bruder zurück. Sie wollte unbedingt noch einmal mit ihm reden. Sie wollte ihn verstehen!

Als sie sein Zimmer betrat, war sie wütend: „Wieso schickst du sie wieder weg? Warum lebst du nicht die Liebe deines Herzens?" Jana senkte die Stimme und sah auf den Boden: „Warum, verdammt nochmal, tust du ihr so weh?"

Sven sah mit verweinten Augen seine Schwester an: „Damals war sie verheiratet und Schwanger, ich dachte Finger weg von dieser Frau! Ja ich habe mich in sie verliebt und ja ich habe heute noch Gefühle für sie! Doch heute bin ich verheiratet, aber ich muss erst alles ordnen bevor ich mich auf etwas neues einlas. Vor allem will ich wissen warum Marianne in so einer ernsten Situation nicht an meiner Seite ist, dafür aber eigentlich eine fremde Frau?! Mein Gott Jana...hättest du Sophie doch bloß nicht geholt!"

Er setzte mit leiser Stimme fort: „Jana, ich weiß nicht, was ich machen soll, ich liebe Sophie! Dadurch das du Sophie hierhergeholt hast, hast du in uns beiden wieder die Gefühle an die Oberfläche geholt und das ist nicht richtig!"

Jana nahm ihren Bruder in den Arm: „Doch das ist richtig! Ihr müsst nur beide eure Gefühle zulassen, auch wenn es ein steiniger Weg sein wird."

Sven sah seine Schwester an: „Das wird nicht einfach werden, da ich mit Marianne sehr viel klären muss."

Dann fing Sven anzulächeln und erinnerte sich an früher zurück: „Nun ja... ich wusste ja erst nicht, wer mich da anhimmelte. Ich hatte ja nur eine Vermutung! Also tastete ich mich bei den Damen vor die viel mit ihr zusammen waren!"

Jana holte sich einen Stuhl und setzte sich zu Sven ans Bett. Sie hatte das Gefühl, dass es nun doch eine längere Geschichte wurde.

Als sie saß, fuhr Sven fort: „Ich hatte es mit der Zeit rausgefunden und hatte mich auch in sie verliebt. Ich erfuhr, dass sie sich von ihrem Mann getrennt hatte. Doch dann wurde mir mitgeteilt, dass sie schwanger war. Da wollte ich einen Schlussstrich ziehen! Ich ließ durch ihre Freundinnen ihr mitteilen, dass ich geheiratet habe. Eines Tages kam sie zu mir und da teilte ich es ihr dann persönlich mit!"

Jana sah traurig auf ihren Bruder und überlegte: „Das ist das Kind, was deinen Namen trägt?"

Sven nickte.

Sie holte Luft: „Aber sie hat dich zu diesem Zeitpunkt immer noch geliebt! Sonst hätte der Kleine nicht deinen Namen bekommen."

Sven hob traurig seinen Kopf: „Ich weiß…"

Draußen wurde es schon dunkel und irgendwie fühlte sich Jana unwohl. Sie vermisste Sophie und für ihren Bruder wünschte sich Jana nur das Beste, trotzdem hatte sie ein schlechtes Gewissen Sophie gegenüber. Hätte sie nach Sophie suchen sollen? Aber sie tat Sven gut und es half ihm aus dem Koma aufzuwachen. Auch Sven war sehr ruhig geworden.

Nach einer Weile sah Jana ihren Bruder wieder an: „Wie soll das nun weiter gehen? Willst du immer noch auf deine Liebe verzichten und den Kompromiss leben? Vor allem, hast du jemals darüber nachgedacht, ob Sophie nicht zu dir wollte? Sie wollte dich Sven! Oder hast du sie abgelehnt, weil sie schwanger war? Jana schüttelte den Kopf…"egal wie ich es dreh oder wende irgendwo hast du ihr schon damals Hoffnung gemacht und sie abgelehnt. Ich versteh das nicht…warum verletzt du sie so?"

Sven sah verzweifelt aus: „Ich weiß, aber für diese Begegnung bist du verantwortlich!"

„Was heißt hier ich wäre dafür verantwortlich? Deine super, tolle Frau wollte dich ja nicht besuchen und ich wusste mir nicht mehr zu helfen! Ich wollte das du aus dem Koma aufwachst und die Ärzte meinten ob es eine besondere Person in deinem Leben gibt und da fiel mir Sophie ein!" entgegnete Jana entsetzt.

Sven nickte: „Ich weiß…du hast es gut gemeint und ich war überglücklich als ich Sophie wiedergesehen habe. Trotzdem habe ich meine Verpflichtung und ich werde morgen Früh als erstes Marianne anrufen."

Jana war entsetzt und sprang auf: „Sven! Da mach ich nicht mit! Du belügst dich nur selber...glaub mir, wenn deine Ehefrau es nicht für notwendig haltet, nach so einen schweren Unfall dich zu besuchen und an deiner Seite zustehen, dann empfindet sie für dich nichts mehr!"

Sven sah seine Schwester an: „Was soll ich denn machen? Marianne ist nun einmal meine Frau und ich möchte alles auf einen anständigen Weg klären."

Jana stand auf: „Denkst du eigentlich mal nach? Wenn du es bis jetzt nicht begriffen hast, dann wirst du es nie verstehen!"

Sven sah seine wütende Schwester an: „Ich liebe Sophie!"

Jana blickte auf ihren Bruder: "Verdammt noch mal, dann kämpf um Sophie!"

Das konnte doch nicht sein Ernst sein! Jana drehte sie sich um und fuhr nach Hause. Als sie daheim war setzte sie sich zu ihrem Mann auf die Terrasse.

Immer wieder seufzte sie und Jan sah sie fragend an: „Also, sag schon was ist los?"

Dieser Satz, riss Jana aus ihren Gedanken. Sie erzählte Jan alles. Er war über diese Geschichte ziemlich entsetzt. Auch er verstand nicht, warum Erwachsene nicht anständig miteinander reden konnten. Warum taten sie sich selbst so ein Leid an?

In der Zwischenzeit war Sophie wieder in Delhi gelandet. Pria, ich und ihr jüngster Sohn holten sie am Flughafen ab. Sven rannte auf seine Mama zu und innig schloss Sophie ihn in die Arme. Sie war überglücklich, als sie ihren Sohn wiederhatte. Auch Pria und ich freuten uns, dass Sophie endlich wieder da war.

Ich zog sie auf die Seite: „Und meine Kleine, alles in Ordnung?"

Sophie schmunzelte und nickte. Es beruhigte mich, denn ich wollte ihr gerne mitteilen, dass Pria und ich heiraten wollten. Es war sehr spät in der Nacht, als wir in unserem derzeitigen Zuhause ankamen. Doch Sophie konnte nicht schlafen und setzte sich leise auf die Terrasse. Auch ich konnte in dieser Nacht nicht schlafen und so setzte ich mich zu ihr. Da saßen wir nun. Sophie erzählte mir alles von Sven und seiner Schwester. Ich fand es sehr traurig, dass Sven sich für einen Kompromiss entschieden hatte und nicht für die Liebe seines Herzens, zumal ich diese Erfahrung selbst machen musste. Ich wüsste nicht, was ich getan hätte, wenn sich Pria gegen mich entschieden hätte. Sicherlich hätte ich mich nur sehr schwer damit abfinden können. Wenn überhaupt...ich denke ich hätte um meine Liebe gekämpft!

Als Sophie in den Himmel sah, sagte ich zu ihr: „Ich will heiraten, was hältst du davon."

Sophie lachte: „Na endlich, es wird Zeit, dass du unter die Haube kommst!"

Sie stand auf und gab mir einen Kuss auf die Wange: „Das ist eine vernünftige Entscheidung! Hast du Pria schon gefragt?"

Ich sah sie an: „Nein, ich weiß nicht, wie!"

Sophie schmunzelte und schlug sich an die Stirn: „Männer!"

Dann ging sie in ihre Wohnung und kam mit einer Kerze und einer Rose wieder heraus. Sie nahm mich an die Hand und schickte mich zu Pria. Sophie stellte sich hinter Pria, so dass Pria sie nicht gleichsehen konnte. Ich kniete mich vor Pria hin. Sie schlief tief und fest.

Ich streichelte ihr sanft über die Wange, bis sie die Augen öffnete. Als sie mich sah, lächelte sie mich an und sagte: „Hey, kannst du nicht schlafen?"

Ich setzte mich zu ihr aufs Bett und reichte ihr die Rose: „Willst du mich heiraten? Erst in Indien, dann in Deutschland?"

Pria setzte sich aufrecht hin, nahm mein Gesicht in ihre Hände und küsste mich: „Ja, sehr gerne."

Sophie klatschte und sprang aufs Bett zu uns und gratulierte uns. Ja, Sophie war manchmal schon etwas verrückt. Das ist es, was sie so liebenswert macht. Sie war glücklich, wenn andere glücklich waren. Doch dann ließ sie uns wieder allein und zog sich in ihre Wohnung zurück.

In den nächsten Wochen mussten wir arbeiten und nach der Arbeit widmeten sich Sophie und Pria den Hochzeitsvorbereitungen. Sophie half ihr, wo sie nur konnte. Pria gehörte dem Hinduismus an und sie wollte nach traditionellem hinduistischem Ritual heiraten. Es war wichtig für sie, auf den Dharma zu achten. Das war ein kosmisches Gesetz des Hinduismus. Wir durften erst heiraten, wenn die Sterne gut für uns standen. So wurde unsere Hochzeit auf den vierten November gelegt. Das war der Tag, an dem die Sterne gutstanden. Prias Vater kam uns besuchen und Pria bat ihn, sie traditionell dem Mann ihres Herzens zu übergeben. Er stimmte zu, denn im Hinduismus darf man auch noch einmal heiraten. So lernte ich auf diese Weise meinen Schwiegervater kennen. Er wirkte sehr streng. Aber nachdem er erfahren hatte, dass ich Arzt bin, lockerten sich seine Gesichtszüge. Die verschiedenen Gesellschaftsschichten waren in Indien sehr wichtig. Er war ein einfacher Arbeiter in einer Fabrik und er färbte die Stoffe ein. Doch durch diese Verbindung wurde sein gesellschaftlicher Status angehoben. Ich konnte nur noch den Kopf schütteln, als ich das hörte. Ich liebte Pria, so wie sie war und nicht, weil sie irgendeinem gesellschaftlichen Status oder Kaste angehörte. Aber auch Sophie grinste über beide Ohren, als sie das hörte.

Ich wollte Sophie eine Freude machen. Ich hatte ja noch die Telefonnummer von Jana, also rief ich sie an und fragte sie, ob sie nicht mit ihrer Familie zu meiner Hochzeit kommen möchte. Natürlich übernahm ich die Kosten für Flug und Unterkunft. Jana sagte zu, aber sie wusste nicht, ob Sven mitfliegen würde. Sie versprach mir, mit ihm zu reden. Das beruhigte mich und ich hoffte für Sophie, dass Sven zusagen würde.

Eine Woche vor der Hochzeit rief mich Sven an: „Ja, Johnson."

„Hallo, hier ist Sven. Du hast mich zu deiner Hochzeit eingeladen...ich nehme an wegen Sophie?"

Ich war angenehm überrascht: „Ja, ich wollte ihr eine Freude machen."

„Ich komme! Aber ich kann leider nur eine Woche bleiben, länger konnte ich mir nicht frei nehmen."

Jetzt war ich noch überraschter: „Wir freuen uns, wenn du kommst. Aber Sophie sage ich noch nichts. Ich möchte sie überraschen."

Ich hätte ja so gerne mit ihm geredet. Doch das war etwas Besonderes zwischen Sophie und ihm. Also hakte ich nicht nach.

„Möchte sie mich denn noch sehen?"

Ich atmete tief durch: „Ich glaube, sie hat keinen sehnlicheren Wunsch als dich wiederzusehen."

Sven war kurz ruhig am Telefon: „Meinst du, sie liebt mich immer noch, obwohl ich sie so verletzt habe?"

Nun hatte es den Anschein, dass es doch ein längeres Gespräch werden würde. Also setzte ich mich auf eine Blechtonne in den Slums: „Sven, wer liebt, der verzeiht auch! Wenn ich mir über eines ganz sicher bin, dann das dich Sophie über alles liebt! Aber mal eine Gegenfrage, was ist mit dir und deiner Frau, wenn ich fragen darf?"

Sven war erst ruhig, doch dann löste sich der Knoten in seinem Hals: „Das würde ich dir gerne erzählen, wenn ich da bin, nicht am Telefon! Denn das ist eine längere Geschichte."

„Geht in Ordnung, ihr reist dann am zweiten November an oder?"

„Ja, wir landen um zwanzig Uhr siebzehn in Delhi."

„Gut, wir werden da sein und euch abholen."

Ich bedankte mich und legte auf. Pria teilte ich diese gute Neuigkeit gleich mit und wir freuten uns gemeinsam. Auch Pria ging es nahe, dass Sophie manchmal so traurig war und wir ihr nicht helfen konnten. Nur Sven konnte Sophie helfen. Wir hofften, dass er es tun würde. Als wir abends zusammen auf der Terrasse saßen, hatte Pria für uns gekocht.

Mir fiel ein, dass wir am zweiten November mit mehreren Autos zum Flughafen fahren mussten und so fragte ich Sophie: „Sophie, kannst du am zweiten November mit deinem Auto mit zum Flughafen fahren? Es kommt doch sehr viel Besuch aus Deutschland. Prias und mein Auto sind nicht genug."

Sophie grinste: „Habt ihr so viele eingeladen? Ja klar, gerne."

„Ach ja, bei dieser Gelegenheit wollte ich dich auch fragen, ob du noch ein Bett frei hast? Ein Freund kommt und ich dachte, er könnte bei dir schlafen?"

Nun war Sophie verdattert: „Ähm? Wie...ein Freund kommt?"

„Na ja, es ist ein guter Freund und ich wollte ihn nicht zur Verwandtschaft stecken. Da dachte ich, dass du ihn aufnehmen könntest."

Sie sah mich an: „Gut, ich nehme ihn auf, solange er sich benehmen kann. Wenn nicht, stell ich ihn dir vor die Tür."

Ich musste lachen und beruhigte sie: „Nein, er kann sich benehmen, glaub mir."

Alle Vorbereitungen für die Hochzeit liefen auf Hochtouren. Endlich war der zweite November gekommen. Sophie nahm den kleinen Sven und setzte ihn ins Auto. Gemeinsam fuhren wir zum Flughafen. Wir warteten am Terminal auf die Ankunft von Jana und ihrer Familie. Sie waren die ersten, die ankamen, da sie von Hamburg kamen. Als Sophie Jana sah, freute sie sich riesig. Sie begrüßten sich herzlich und Sophie erkundigte sich nach Sven. Sie stellte Jana ihren Sohn vor. Jana liefen wieder einmal die Tränen herunter, als sie den Kleinen sah und sie schloss ihn fest in ihre Arme. Danach stellte Sophie uns vor. Es waren wirklich liebe Leute.

Dreißig Minuten später landete die Maschine aus München. Ungeduldig wartete ich auf meine Eltern und Sven. Sie kamen mit derselben Maschine. Endlich sah ich meine Eltern und auch Sven. Erst bemerkte Sophie Sven gar nicht, da sie noch so vertieft in das Gespräch mit Jana war. Doch dann erblickte sie ihn. Sven ließ seine Tasche fallen und schloss Sophie in seine Arme. Auch Sophie vergaß alles um sich. Sie drückte ihn fest an sich und wollte ihn nie wieder loslassen. Sie weinte so sehr vor Freude, dass sie sich erst einmal setzen musste. Ihr Sohn ging zu ihr und tröstete sie. Als Sven den Kleinen sah begrüßte er ihn. Ich stellte allen meine Eltern vor und dann konnten wir endlich heimfahren. Jana und ihre Familie konnte ich links von Sophies Wohnung unterbringen. Meine Eltern wohnten rechts von Sophie. Und Sven, das war der „gute Freund". Er wohnte natürlich bei Sophie. Nachdem Sophie ihren Sohn ins Bett gebracht hatte, setzten wir uns alle nach draußen auf die Terrasse. Sophie war überglücklich. So hatte ich sie schon lange nicht mehr gesehen. Sie setzte sich zu Sven auf die Bank. Er ließ Sophie den ganzen Abend nicht mehr los, als wollte er sagen verlasse mich nie wieder. Je später es wurde, umso leerer wurde die Terrasse. Zum Schluss saßen wir nur noch zu viert da. Pria legte ihren Kopf auf meinen Schoss und schlief ein, auch Sophie schlief mit der Zeit ein. Also blieben nur noch wir Männer übrig, wir unterhielten uns bis zum Morgengrauen.

Als der Morgen anbrach gingen alle ins Bett. Sophie wusste nicht, wie sie sich Sven gegenüber verhalten sollte. Sie ließ ihm die Wahl, wo er schlafen wollte. Sven wählte die Schlafcouch und Sophie ging in ihr Schlafzimmer. Sie konnte nicht mehr einschlafen. Wie sehr hätte sie es sich gewünscht, dass er bei ihr schlafen würde. Wie sehr hätte sie sich gewünscht, dass er sie sanft umarmt. Wie sehr hätte sie sich gewünscht sein Herz schlagen zuhören. Doch all das wurde ihr verweigert. Was wollte Sven von ihr? Die Liebe wählte er nicht...wollte er vielleicht nur eine Freundschaft? Es gab so viel Unterschiede...auf der einen Seite besuchte er sie, was ja nicht selbstverständlich ist. Auf der anderen Seite sie wollte er nicht...also welches Band hielt die Zwei so zusammen? Sophie wollte so gerne mit ihm reden, doch sie wagte diesen Schritt nicht. Sie wollte endlich, dass er einmal auf sie zukam. Ziemlich verwirrt drückte Sophie ihren Kopf ins Kissen, Tränen überfluteten ihr Gesicht...nach einer Weile schlief sie ein.

Am nächsten Morgen, als Sophie erwachte, saß Sven auf einem Stuhl neben ihrem Bett und beobachtete sie. Die Gedanken kreisten in seinem Kopf. Er wollte gerne mit ihr reden, doch er genoss es sie einfach nur anzusehen und sie zu beobachten. Sie sah so friedlich aus...

.

Verschlafen sah Sophie Sven an: „Hey...alles in Ordnung?"

Langsam erhob sie sich in die Senkrechte, doch Sven sah sie nur an und lächelte. Das war das, was sie an Sven so liebte, sein sanftes Lächeln. Die Art, wie er redete, seine sanfte Stimme und seine Gestik. Alles war sehr sanft an ihm. Er war kein Draufgänger. Im Gegenteil, er war sehr diszipliniert. Aber manchmal hatte Sophie das Empfinden, dass er sich auch nicht so wirklich traute. War es so? Oder genoss er es einfach nur? Sophie sah ihn einfach nur an und wartete auf eine Reaktion von ihm.

Plötzlich sagte er mit seiner sanften Stimme: „Guten Morgen."

Sophie stand auf und erwiderte: „Guten Morgen...sie wartete ab, ob er noch etwas hinzufügen wollte...doch es kam nichts mehr und so setzte sie fort: "Na komm gehen wir frühstücken."

Als Sophie aufstand, packte Sven sie an der Hand und zog sie sich auf den Schoss. Innig küsste er sie! Sophie war verwirrt, sie wusste nie was sie durfte und was nicht. Wie weit durfte sie gehen? Sie hatte schon so viele Grenzen überschritten bei ihm, doch nie kam wirklich eine Reaktion. Sie sehnte sich nach ihm!!! Doch seit sie ihn wiedergesehen hatte, blieb es ihr verwehrt. Außer Kuscheln und inniges Küssen. Sie war so verwirrt, dass sie von seinem Schoss aufstand und in die Küche ging. Sven sah ihr wortlos hinterher. Sophie deckte den Tisch auf der Terrasse und hüpfte anschließend unter die Dusche. Als sie fertig angezogen war sah sie nach ihrem Sohn, doch er schlief noch tief und fest. Also ging sie auf die Terrasse zu Sven.

Er saß am Tisch und sah Sophie an, mit sanfter Stimme sagte er: „Kann ich mit dir reden?"

Sophie setzte sich hin und schenkte ihm ein Lächeln: „Ja gerne...ich denke es wird Zeit das wir miteinander reden."

Nun war er erstaunt, so ernst kannte er Sophie nicht und so ergriff er das Wort: „Also, das mit meiner Frau..."

Nun hatte er Sophies Aufmerksamkeit: „Was ist mit deiner Frau?"

Sven sah sie an und ihr erwartungsvoller Blick machte ihn nervös. „Also, das ist so..."

Sophie lehnte sich in ihrem Stuhl zurück und atmete tief durch: „Was ist mit dir und deiner Frau? Was möchte sie beziehungsweise was möchtet ihr Zwei?"

Sven sah Sophie an. Er spürte, dass es ihre Gedanken und ihre Hoffnung war die zu ihm sprach.

Doch er senkte den Kopf und sah nach unten: „Ich liebe dich Sophie, aber die Ehe ist für mich eine ernste Angelegenheit. Man schmeißt die Ehe nicht so einfach weg, auch wenn dein Partner einen Fehler macht. Ich bin hierher geflogen, da sie eine Bedenkzeit braucht und ich sie ihr gerne geben möchte."

Diese Worte waren deutlich und klar und Sophie antwortete: „Gut, du hast das erste Mal in deinem Leben mir eine klare Antwort gegeben...ich werde das natürlich akzeptieren, aber bitte sprich nie wieder von Liebe und vor allem nimm mich nicht mehr in den Arm und Küss mich nicht mehr! Mehr verlang ich nicht, ansonsten wünsche ich dir noch alles Gute."

Mit diesen Worten stand sie auf und ging in die Küche. Erschrocken sah Sven ihr hinterher, doch nun war es raus...was sollte er denn tun? Er hat sich damals für seine Frau entschieden und er wollte ihr noch eine Chance geben. Doch mit dieser Antwort wählte er wiedermal den Kompromiss in der Liebe...

Sophie schüttete sich gedankenvertieft eine Tasse Kaffee ein. Endlich hat sie eine Antwort erhalten und endlich hat sie mal mit Sven vernünftig reden können. Sie hatte so viel Hoffnung in sich getragen als sie Sven wiedersah, doch das war nicht die Antwort die sie hören wollte. Sie musste das Kapitel abschließen, sie wollte ihn aus ihren Gedanken und Herzen für immer streichen. Sie wollte endlich nach vorne blicken dürfen. Mit diesen Vorsätzen kehrte sie auf die Terrasse zurück und setzte sich an den Tisch, wo sie Sven fragend ansah. Doch sie wollte einfach nichts mehr zu dieser Situation sagen und sie wollte auch nicht mehr Kämpfen um ihn, denn der Kompromiss siegte über die Liebe!

Sven stand auf und wollte Sophie in den Arm nehmen, doch sie drückte ihn weg: „Bitte...ich liebe dich!"

Sie sah ihn an und holte noch einmal tief Luft: „Sven! Sag diese Worte nicht mehr, denn ich denke du weißt nicht was Liebe ist! Du kennst nur Vernunft, Selbstdisziplin und Gesellschaftliche Strukturen...aber Liebe...diese Lektion hast du noch nicht gelernt! Wir sollten dieses Spektakel beenden...lass uns einfach nur gute Freunde sein?

Sven blickte Sophie an, kehrte in sich und war still. Plötzlich öffnete sich die Terrassentür und Pria blickte die Zwei an

mit einem freundlichen: „Guten Morgen"begrüßte sie sie und nahm Platz am Tisch.

Enttäuscht erwiderte Sophie: „Guten Morgen."

Auch Sven war sehr nachdenklich und äußerte nur ein kurzes „Hallo". Pria bemerkte die dicke Luft und so trank sie einfach nur ihren Kaffee. Keiner sprach ein Wort. Kurze Zeit später kam auch Sophies Sohn auf die Terrasse und begrüßte alle fröhlich. Er setzte sich an den Tisch und frühstückte. Auch ich kam etwas später dazu und teilte allen mit, dass wir heute einen Ausflug machen würden. Es nahm mir die Nervosität vor der Hochzeit, die morgen stattfinden sollte.

Gegen Mittag fuhren wir zum Gurudwara Bangla Sahib Tempel. Das ist eine sehr große Tempelanlage in Delhi. Doch auf der Rijpuri Road standen wir im Stau. Meine Eltern fuhren mit Sophies Auto. Sven und Sophie saßen bei uns hinten im Auto, sie sprachen immer noch kein Wort miteinander. Als wir endlich ankamen, stiegen wir aus und betraten die Tempelanlage. Als Besucher mussten wir unsere Haare bedecken und die Schuhe ausziehen. Man sagte, dass das Wasser im Tempel heilig war. So nahm ich etwas Wasser in die Hände und ließ es Pria über den Kopf laufen. Dann nahm ich noch eine Handvoll für Sophie und Sven, in der Hoffnung, dass es ihnen helfen würde. Pria war davon überzeugt, also war ich es auch! Sehr spät am Abend kamen wir heim. Jana und ihre Familie verabschiedeten sich gleich ins Bett, denn der morgige Tag würde genug Aufregung bringen. Auch meine Eltern zogen sich gleich zurück. So blieben nur wir vier übrig. Aber Pria war auch sehr müde und legte sich hin. Sophie brachte ihren Kleinen ins Bett und schlief mit ihm ein. So saß ich mit Sven allein auf der Terrasse, ich holte uns einen guten Wein aus der Küche.

Als ich den Wein einschenkte, fragte ich ihn: „Mal ehrlich, wie soll das weiter gehen mit euch?"

Sven holte tief Luft: „Ich liebe sie, ich liebe sie wirklich!"

Ich nickte: „Gut, aber was ist dann dein Problem? Deine Frau?"

Sven sah mich an und nahm einen Schluck Wein: „Ja, ich nehme meine Ehe sehr ernst und ich habe mich damals für meine Frau entschieden und ich denke sie hat mit mir viel durchgemacht und das ist der Grund warum ich meine Ehe nicht wegschmeißen möchte."

Ich schluckte schwer und lies mich auf die Bank plumpsen. Verwirrt und entsetzt über diesen Satz schaute ich ihn an: „Also...damit ich das richtig verstehe...du liebst Sophie, bist aber verheiratet und entscheidest dich für deine Ehe?"

Sven schaute mich an: „Ja...genauso! Heute Morgen habe ich es Sophie mitgeteilt, deshalb waren wir heute auch so still."

Nun war ich wirklich entsetzt! Ja nun war ich sprachlos! Sophie wollte in all den Jahren eine Antwort haben und nun hat sie eine Antwort bekommen. Manchmal kann die Wahrheit weh tun...doch war das nach all den Jahren wirklich Liebe? War das nicht nur einseitige Liebe, die von Sophie ausging?

Enttäuscht sah ich Sven an: „Findest du nicht, dass du dich da zu weit aus dem Fenster lehnst? Du sagts das du Sophie liebst, heiratest aber eine Andere. Nach über einem Jahrzehnt seht ihr euch wieder und im Endeffekt passiert genau das gleiche? Jedes Mal verletzt du sie aufs Neue, sprichst aber von Liebe? Sorry...aber ich denke du hast nie gelernt zu lieben!"

Sven griff verzweifelt nach der Flasche Wein und schenkte nach: „Komisch irgendwie habe ich das heute schon einmal gehört und daraufhin hat sie mir ihre Freundschaft angeboten!"

Ich schüttelte den Kopf und schwieg! Das musste ich erstmal begreifen...bevor ich was hätte dazu sagen können. Sven leerte den Wein, ein Glas nach dem anderen. Der Mann war verzweifelt über seine eigenen Entscheidungen, seiner Selbstdisziplin und seinem schlechten Gewissen...doch diesen Weg musste er allein gehen, da konnte ihm keiner helfen!

Nach einer Weile sah ich ihn an, ich wollte und konnte die Hoffnung für Sophie nicht aufgeben: „Nimmst du ihre Freundschaft an?"

Sven hob den Kopf: „Ich weiß es nicht! Ich habe Angst das ich ihr wieder Hoffnungen damit mache! Sie wollte immer eine Antwort und nun habe ich sie ihr gegeben und mir war klar, dass ich sie damit verletze, doch ich kann nicht anders."

Mir war klar das Sophie gekränkt ist, doch sie wollte immer eine Antwort und hier war sie! Die Antwort wovor sie all die Jahre Angst hatte. Würde sie Sven nach so vielen Jahren Sehnsucht, wirklich gehen lassen? Würde sie ihn aus ihrem Herzen verbannen können? Würde sie nicht mehr an ihn denken, wenn sie in den Himmel schaut? Das glaube ich nicht! Er wird immer in ihrem Herzen und Gedanken verankert sein.

Ernst sah ich ihn an: „Du solltest wenigstens ihre Freundschaft teilen, das hat sie einfach verdient! Ich finde es traurig das du dich selbst belügst, aber lass Sophie nicht leiden!"

Sven blickte auf mich: „Ich weiß..."

„Hast du nur einmal an Sophie gedacht in all den Jahren?" Ich schüttelte den Kopf und stand auf. Ich wollte nur noch in mein Bett. So viele Jahre sind verstrichen und immer hat Sophie an ihn gedacht...sie ist oft mit den Gedanken an ihn eingeschlafen. Der Gedanke an ihn half ihr oft über schwere Zeiten hinweg. Ich wollte das so nicht akzeptieren...das konnte doch nicht alles sein! In dieser Nacht wälzte ich mich hin und her...die Nacht war sehr kurz.

Am nächsten Tag in der Früh herrschte ein wirres Durcheinander. Sophie machte sich fertig und kleidete sich ganz traditionell in einem Sari. Auch ihr kleiner Sohn kleidete sich ganz traditionell. Sven konnte seine Blicke von Sophie nicht mehr abwenden, so anziehend sah sie aus.

Wir feierten auf einem großen Platz in Delhi. Er war geschmückt mit einem Blumenmeer. Die meisten Gäste waren in traditionelle Gewänder gekleidet. Es war alles sehr bunt.

Pria war die schönste Frau an diesem Tag. Sie wurde traditionell mit Henna bemalt und trug ein traditionelles, indisches Hochzeitsgewand. Unsere Arbeitskollegen waren da und natürlich die ganze Verwandtschaft, aber auch viele Freunde.

Das Fest wurde von der Familie der Braut ausgerichtet. Auf dem Platz war ein großer Baldachin aufgestellt. Darunter wurde das Ritual der Eheschließung vollzogen. Mittelpunkt des Geschehens war ein Hochzeitsyajna. Pria und ich saßen im Schneidersitz auf einem Seidenkissen vor einer Feuerstelle. Ein Priester leitete das Ritual. Er las uns das Sanskrit Mantra vor und wir mussten es Satz für Satz wiederholen. Dann übergab Prias Vater mir offiziell seine Tochter, indem er unsere Hände über einem Krug zusammenlegte. Er umwickelte unsere Hände mit einer Blütengirlande und einem roten Tuch. Dann segnete er uns mit Ganges Wasser und betete für uns um Gottes Beistand. Die Frauen knoteten den Sari von Pria mit meinem Schultertuch zusammen, als Zeichen der ehelichen Verbindung. Der Knoten war ein wichtiges Merkmal der Verbindung. Der Priester zündete unter Gebeten das Feuer an. Nun mussten wir siebenmal um das Feuer gehen und beim siebten Mal waren wir verheiratet. Schließlich tupfte ich Pria geweihte rote Farbe, das Sindur, auf den Scheitel und die Stirn. Das war das wichtigste Segenszeichen. Ich drückte damit das Mantra aus, du bist mir willkommen!

Als das alles vorbei war, kamen die Gratulanten. Sophie und Sven gratulierten uns zuerst. Dann wurde ausgiebig gefeiert. Sophie sah immer wieder zu Sven. Doch er quälte sich mit seinem Gewissen und so stürzte sie sich in das Getümmel und tanzte. Doch Sven lief ihr nach und zog sie da heraus. Ohne ein Wort zu sagen, gab er ihr einen Kuss. Das war mehr als nur ein Kuss! Er küsste sie sanft auf ihre Lippen und schmiegte sich zärtlich an sie mit den Worten: „Ich liebe dich, Sophie."

Sie sah Sven an und sagte auf Hindi: "Kya ek dukhee pyaar!" Schließlich nahm sie seine Hand und suchte sich mit ihm ein ruhiges Plätzchen, wo sie sich einmal ernsthaft mit ihm unterhalten konnte. Sie setzten sich etwas abseits von den Feierlichkeiten auf eine Wiese.

Sven sah sie fragend an: "Was soll der Satz bedeuten?"

Sophie lächelte: "Irgendwann findest du es raus...aber mal ehrlich Sven du hast das verlangen mich zu küssen und mich in deine wundervollen, geborgenen Arme zu schließen, doch du willst zu deiner Frau zurück. Du weißt das ich dich über ein Jahrzehnt in meinem Herzen trage, trotzdem hältst du an deiner Ehe fest. Denkst du nicht das wir an dieser Stelle die Notbremse ziehen sollten? Hast du dir das mit der Freundschaft überlegt? Deine Freundschaft würde mir sehr viel bedeuten...Sophie wurde von der Stimme sanfter und setzte fort...denn ich möchte dich nicht ganz verlieren. Ich möchte das du in meinem Leben bleibst und einen festen Platz hast, auch wenn ich dich nicht lieben darf!"

Sven schluckte: "Warte hier kurz ich komme gleich wieder." Er stand auf und verschwand im Getümmel der Hochzeitsgesellschaft. Kurze Zeit später kam er zurück und setzte sich zu Sophie: "Schließ deine Augen."

Sophie schloss ihre Augen und er holte aus seiner Hosentasche ein Freundschaftsband. Er legte es ihr um das rechte Handgelenk: "Auf eine Freundschaft für immer und ewig!"

Sophie öffnete wieder ihre Augen und mit einem Lächeln auf den Lippen wiederholte sie seine Worte: "Auf eine Freundschaft für immer und ewig."

Auf der einen Seite war Sophie traurig da sie die Liebe ihres Herzens nicht bekommen hat, auf der anderen Seite war sie glücklich das Sven ihr erlaubt hat an seinem Leben teilzuhaben. Wenn es ihr mal nicht gut geht, ihn anzurufen und einfach nur seine Stimme zuhören...das würde ihr Kraft und Energie geben. Gemeinsam kehrten sie auf die Hochzeit zurück. Wir feierten bis zum Morgengrauen und müde gingen wir heim.

Diesmal schliefen wir alle bis mittags aus und nur langsam erhoben sich unsere müden Geister. Nur noch zwei Tage, dann musste Sven wieder heimfliegen. Man merkte schon, dass der Abschied von Sven nicht ganz einfach werden würde. Nachdem wir alle noch vom Feiern so müde waren, beschlossen wir Männer, einen ganz gemütlichen Tag zu verbringen. Sophie schlief noch und Sven saß bei uns auf der Terrasse. Wir tranken in Ruhe unseren Kaffee und Sven saß nachdenklich am Tisch. Pria stand auf und ging in die Wohnung.

Nach einer Weile sprach ich ihn an: „Worüber denkst du nach?"

Ich riss ihn wohl aus seinen Gedanken.

Er hob den Kopf: „Sören ich wollte Sophie nie verletzen...ich liebe sie! Ja es ist meine Vernunft die über die Liebe gesiegt hat und ich war mir damals nicht im Klaren was sie wirklich wollte! Nachdem sie schwanger war nahm ich an das sie es mit ihrem Mann nochmal versuchen wollte!"

Verwundert sah ich ihn an: „Sie hat dir doch so viele Signale gesendet! Du hättest doch mit ihr das Gespräch suchen können, sie hätte dir gesagt was sie will! Oder hattest du Angst das sie dich ablehnen würde?"

Nun hatte ich seine Aufmerksamkeit und stumm schaute er mich an.

Ich setzte fort: „Das war es also! Du hattest auch Angst! Mein Gott warum habt ihr nicht miteinander geredet...so ein Leidensweg! Man hätte alles klären können."

Sven nickte: „Da hast du vielleicht Recht, doch heute sieht das ganze anders aus. Ich müsste einen Menschen verletzen der mir beistand."

Ich stellte meinen Kaffee auf den Tisch: „Ich denke, du solltest mal über dich nachdenken und aufhören dich selbst zu belügen. Du redest gerade von einem Menschen der nicht wirklich an deiner Seite steht. Vor allem sagst du, du liebst Sophie, wenn das sich so verhält betrügst du deine Ehefrau um die wahre Liebe im Leben...ist das alles Liebe in deinem Leben?"

Sven schüttelte den Kopf: „Nein, ich will nur keinen mehr verletzen!"

"Sven, ich kann leider nicht mehr dazu sagen, als das was ich schon gesagt habe! Die Entscheidungen im Leben triffst du allein."

Sven stand vom Tisch auf. Er ging zu Sophie ins Schlafzimmer. Leise setzte er sich auf ihr Bett und zärtlich streichelte er ihren Rücken, bis sie langsam wach wurde. Sie drehte sich um und erblickte ihn. Sie schenkte ihm ein sanftes Lächeln.

„Hey..."

„Hey..." antwortete er. Er beugte sich über sie und gab ihr einen zarten Kuss.

„Was ist los, kannst du nicht mehr schlafen?"

Sven schüttelte den Kopf: „Nein, es sitzen schon alle draußen auf der Terrasse und trinken Kaffee."

Sophie sah ihn an: „Das heißt, du möchtest, dass ich aufstehe?"

Sven lächelte sie an: „Nein, wenn du willst, darfst du auch liegen bleiben."

Sophie nahm ein Kissen und zog es ihm drüber, so entstand eine wilde Kissenschlacht. Nachdem sich die Zwei ausgetobt hatten, kamen sie auf die Terrasse. Sophie setzte sich an den gedeckten Tisch und griff nach dem Kaffee. Ich sah Sven an und war über diese unglückliche Liebe echt bedrückt. Nach dem Frühstück verabschiedeten sich meine Eltern und Jana. Sie hatten einen Ausflug geplant. Auch der kleine Sven fuhr mit Jana und meinen Eltern mit. Nur wir vier blieben mal wieder zurück. Sophie stand auf und half Pria in der Küche. Etwas später kehrte Sophie mit ihrer Gitarre auf die Terrasse zurück. Es war ein sehr ruhiger Tag. Sophie spielte viele ruhige Melodien, was eine sehr melancholische Stimmung zeigte. Ich machte mir wirklich Sorgen, doch ich konnte nichts mehr tun. Die Entscheidung konnte nur Sven ändern, aber er hielt an seiner Ehe fest.

Am frühen Morgen, es war draußen noch dunkel, weckte Sven Sophie. Es war der Tag des Abschieds! Sven legte sich zu ihr auf die Bettdecke.

Etwas erschrocken sah sie ihn an: „He…, was hast du?"

Er lächelte sie an, legte seinen Zeigefinger an ihr Kinn und küsste sie.

"Ich wollte dich einfach nur hören und sehen…ich fliege heute wieder Heim Sophie und ich weiß, dass du mir fehlen wirst! Ich möchte das du weißt, das ich dich nie verletzen wollte und ich würde mich freuen…nun stockte er…also ich würde mich sehr freuen, wenn du mich zwischenzeitlich auch mal anrufen würdest."

Sophie sah ihn tief in die Augen und legte ihren Oberkörper auf seine Brust, schließlich fuhr sie mit ihrer Hand durch sein lichtes Haar. Sie kämpfte gegen ihre Gefühle an…sie wollte auf keinen Fall weinen und mit gebrochener Stimme sagte sie: „Ich werde dich gerne anrufen und…, wenn du mich suchst weißt du wo du mich findest. Du darfst mich immer anrufen, egal zu welcher Tages oder Nachtzeit oder in Whats App schreiben! Ich würde mich wirklich freuen."

Doch dann stand Sophie auf und ging ins Bad. Es war für sie eine Explosion der Gefühle sie stellte sich unter die Dusche und dicke Tränen verschwanden im Abfluss. Wie sehr hätte sie sich ein Happy End gewünscht, doch das sollte nicht sein! Als Sophie aus dem Bad kam lag Sven immer noch auf ihrem Bett.

Er sah sie an und lächelte: „Ich liebe dich Sophie...gegen meine Gefühle kann ich nicht ankämpfen und ich möchte das du das weißt!" Mit diesen Worten stand er auf und machte sich fertig für seinen Rückflug. Es war schon komisch es waren so viele Gefühle vorhanden, doch die Herzen fanden nicht zusammen.

Als alle am Frühstückstisch saßen war es sehr still. Sven brachte keinen Bissen herunter und auch Sophie knabberte nur an ihrem Brot herum. Obwohl Sophie wirklich glücklich war, war sie doch gleichzeitig sehr traurig. Sie wollte ihre Liebe nicht gehen lassen. Wir mussten schon etwas früher zum Flughafen, da Janas Flug eine Stunde früher ging als der Flug nach München. So saß Sophie mit Sven in der Abflughalle. Als sein Flug aufgerufen wurde, verabschiedete er sich bei Pria und mir.

Für einen kurzen Moment zog ich ihn auf die Seite: „Überleg dir gut wie du dich entscheidest...ich sehe euch nur ungern leiden!"

Sven nickte, danach ging er auf Sophie zu. Er schloss sie in seine Arme und drückte sie fest.

Er sah ihr tief in die Augen und flüsterte: „Denk an dein Versprechen...ruf mich an."

Ein letztes Mal küsste er sie. Dann griff er nach seiner Tasche und warf sie über seine Schulter. Kurz drehte er sich nochmal um, doch dann verschwand er in seinen Flieger. Sophie sah ihm weinend nach. Der Abschied fiel ihnen wirklich sehr schwer. Doch Sven hielt an seiner Ehe fest.

Natürlich war die Sehnsucht nach Sven groß, doch die Arbeit half Sophie über den Schmerz hinweg. Sven rief einmal in der Woche bei Sophie an. Das tat ihr sehr gut. Ich wusste genau, wann Sven am Handy war. Ihre Stimme wurde dann sanfter und sie hatte ein zauberhaftes Lächeln auf ihren Lippen. Das war das Seelenbalsam was sie brauchte, bis sie ihn wiedersehen durfte.

Es war der sechste Dezember, als wir wieder einmal einen heiklen Einsatz in den Slums von Delhi hatten. Pria war hochschwanger mitgefahren, weil Sophie keine ausreichende Erfahrung als Hebamme hatte. Wir mussten einer Frau helfen, bei der das Kind im Geburtskanal stecken geblieben war. Pria gab alles und wir kamen wirklich ins Schwitzen. Vor lauter Schmerzen musste die Frau schreien. Doch nach einer schweren Geburt war der Kleine gesund auf die Welt gekommen. Wir waren nach der Anstrengung müde und wollten alle nur noch ins Bett.

Mitten in der Nacht begannen bei Pria die Wehen und ich wurde schrecklich nervös. Ich weckte Sophie und innerhalb von fünf Minuten saßen wir im Auto. Sophie fuhr uns in die Klinik. Natürlich wollte ich mein Kind selbst entbinden. Also ging ich gleich mit in den Kreißsaal. Aber Pria wollte unbedingt Sophie dabeihaben. Der kleine Sven musste bei den Schwestern warten. Nach sieben Stunden kamen die Wehen endlich regelmäßig. Sophie schickte mich mittags zum Essen und sie blieb bei Pria. Die Wehen wurden immer heftiger und als ich nach dreißig Minuten wieder zurück war, kamen die Presswehen. Ich war aufgeregt und freute mich auf den kleinen Erdenbürger. Endlich sah ich das kleine zarte Köpfchen. Es fehlte nur noch eine Presswehe. Sophie stand an Prias Kopfende und hielt ihr die Hand. Endlich erblickte der Kleine das Licht der Welt! Vorsichtig nabelte ich ihn ab und gab unseren Sohn Pria in den Arm. Sophie gratulierte uns. Ich war überglücklich und küsste meine Frau. Sophie verabschiedete sich, nachdem sie den Kleinen begrüßt hatte. Die Tage vergingen und Pria kam mit unserem Sohn nach Hause. Wir nannten unseren Sohn Aman-Stefan. Er war eine große Bereicherung für unser kleines Glück.

Es war die Weihnachtszeit und ich bekam auf meinem Handy einen Anruf von Sven. „Ja, Johnson."

„Hallo, ich bin es Sven. Ich wollte dir nur sagen, dass ich am dreiundzwanzigsten Dezember gerne kommen würde, wenn es euch passen würde?"

„Hi, wie geht es dir? Ja, gerne! Dann hole ich dich ab, wenn wir zur Schule nach Neu-Delhi fahren. Die haben da einen Weihnachtsmarkt. Sie feiern „Dilli Dilli." Ist dein Visum noch gültig?"

„Ja, ich habe ein „multiple entry Visa", das hat sechs Monate Gültigkeit. Damit darf ich mehrmals einreisen."

„Klasse, da wird sich Sophie freuen. Aber wir sagen ihr noch nichts, dass soll eine Überraschung sein!"… ich musste schmunzeln, „natürlich freuen wir uns auch."

„Ach ja, ich gratuliere euch zu eurem Nachwuchs."

„Ja, vielen Dank. Er macht uns auch sehr viel Freude. Es ist ein wundervolles Gefühl einen Sohn zuhaben!"

„Gut, dann sag Pria einen schönen Gruß, aber zu Sophie kein Wort, okay?"

„Ja, ist gut, mach ich. Sag mir Bescheid, wann du landest!"

„Ja mach ich, also alles Gute.

Eigentlich war das mal eine schöne Nachricht, doch wir hofften auch das Sophie lernen würde mit einer Freundschaft umzugehen. Wir freuten uns einfach für Sophie. Am dreiundzwanzigsten Dezember saßen wir alle morgens auf der Terrasse und tranken Kaffee. Wir hatten herrliche fünfundzwanzig Grad. Der Tag konnte nur gut werden. Plötzlich klingelte Sophies Handy. Es war Sven. Natürlich zog sie sich zurück, um in Ruhe mit ihm zu telefonieren. Ich sah auf die Uhr. Es waren nur noch drei Stunden, bis er landete. Also telefonierte er aus der Luft. Ich musste schmunzeln. Als sie fertig war, kam sie wieder zurück. Ein verträumtes Lächeln verzauberte ihr Gesicht.

Pria sah sie erwartungsvoll an: „Und?"

Sophie sah zu ihr rüber und lächelte: „Hm..., er ruft mich später noch mal an, er muss noch aufräumen."

„Wie? Mehr nicht?"

Sophie lachte: „Ähm... nein? Was hätte er denn noch sagen sollen?"

Pria und ich schmunzelten. So langsam mussten wir uns für den Weihnachtsmarkt in der Schule fertig machen. Heute war für den Kleinen von Sophie ein großer Tag. Seine Schule DSND feierte heute „ Dilli Dilli" mit einem großen Angebot und natürlich hatte seine Schulband, in der er der Drummer war, einen Auftritt. An diesem Tag floss deutsche und indische Kultur zusammen. Aber vorher mussten wir noch zum Flughafen. Ich hoffte, dass der Flieger pünktlich landete. Also trieb ich zur Eile an. Sophie verstand gar nicht, warum und hatte mal wieder die Ruhe weg. Ich konnte ihr ja nicht sagen, Sven landet gleich.

Also setzte ich mich durch: „Ab ins Auto!" Verblüfft sah sie mich an. Innerlich musste ich lachen. Was hätte ich denn tun sollen? Auch Pria musste schmunzeln. Der Kleine war froh, als er im Auto saß. Nun konnte ich endlich zum Flughafen fahren. Als wir dort waren, sah mich Sophie noch verblüffter an.

Pria sagte grinsend: „Na komm schon endlich!"

Sophie runzelte die Stirn und dann erhellte ein Lächeln ihr Gesicht: „Echt?"

Pria nickte. Sophie stieg aus dem Auto und rannte in die Ankunftshalle. Pria blieb mit Sven und unserem Sohn im Auto. Der Flieger war pünktlich und schließlich kam Sven durch das Gate. Sophie stürmte auf ihn zu und endlich hatten sich die Zwei wieder.

uns und anschließend stiegen wir alle ins Auto. Endlich konnten wir auf den Weihnachtsmarkt fahren. Wir schlenderten alle über den Markt und genossen deutsche Küche. Es gab Bratwürstchen, Kartoffelsalat und panierte Putenschnitzel. Der Renner auf diesem Fest waren die Waffeln mit Puderzucker. Der kleine Sven gab alles und spielte sein Schlagzeug, was das Zeug hielt. Er war froh, dass er dieses Jahr nicht am Klavier sitzen musste. Es kam sogar ein Elefant, auf dem die Kinder reiten durften und ein Nikolaus verteilte Geschenke. Es war ein Nachmittag, an dem die deutsche und die indische Kultur präsent waren. Ein einmalig gelungenes Event. Die Kinder sangen englische und deutsche Weihnachtslieder. Eine Weile beobachtete ich Sven und Sophie und spürte, dass Sven bedrückt war. Ich wollte gern noch einmal mit ihm reden, bevor er mit Sophie sprach. Sophie war so glücklich an diesem Tag. Ich denke auch Sophie spürte, dass mit Sven etwas nicht stimmte. Als wir nach Hause fuhren war es sehr still im Auto. Sophie schloss die Wohnungstür auf und trat ein. Sie sagte kein Wort zu Sven. Sie brachte ihren Kleinen ins Bett und setzte sich mit einem Glas Wasser auf die Terrasse.

„Okay, was ist los Sven? Wir haben morgen Heilig Abend und du bist zu mir nach Indien geflogen und du wirst mir sicher Recht geben, wenn ich sage das ist für einen verheirateten Mann nicht normal oder?" warf sie zögerlich ein.

Sven setzte sich auf den Stuhl ihr gegenüber.

Er seufzte: „Ja, weißt du…"

Sophie lächelte ihn an: "Kann doch nicht so schwer sein...einer Freundin zu sagen was dir auf dem Herzen liegt. Es sei denn es betrifft mich?"

Sven schüttelte den Kopf und setzte erneut an: „Nein es betrifft dich nicht. Na ja...weißt du..." er holte Luft...

Sie sah ihn immer noch gespannt an: „Also weiß ich was, Sven? ....ich denke wir lassen das für heute und du atmest mal tief durch...wenn die Zeit reif dafür ist kommt das von allein." Sophie lächelte ihn an und holte sich einen Kaffee. Sven atmete auf er wollte einfach nicht darüber reden, was für Sophie okay war. Kurze Zeit später setzte ich mich auf die Terrasse dazu. Die Frauen unterhielten sich, nur ich sah auf Sven und er äußerte kein Wort. Doch als Sophie und Pria in die Küche gingen, um eine Brotzeit zu holen nutzte ich den Augenblick aus.

„Okay Sven was ist los? Man merkt das dich was bedrückt."

Plötzlich lockerte sich seine Zunge: „Ich bin so ein Idiot!"

Irgendwie musste ich schmunzeln: „Warum bist du ein Idiot?"

"Sie hat mich verlassen wegen eines anderen Mannes!" Nun war es raus! Der erst Gedanke der mir durch meinen Kopf schoss war...oh mein Gott geht das jetzt wieder los. Sophie hatte sich gerade damit abgefunden das es einfach nur eine Freundschaft war und ich wollte nicht, dass er in ihr wieder Hoffnungen weckt.

Ich musste reagieren: „Gut, das erklärt warum sie nicht an deiner Seite war, als du sie am nötigsten gebraucht hättest. Was gedenkst du zu tun?"

Sven war verzweifelt und er tat mir irgendwie leid. Aber ich musste auch an Sophie denken und ich wollte nicht mehr das sie von ihm verletzt wird.

Sven antwortete: „Ich brauch eine Auszeit und deshalb bin ich hierher geflogen."

„Ich hoffe du hast das ihr noch nicht gesagt, denn das würde sie wieder hoffen lassen...das wäre nicht gut, so lange du nicht weißt was du willst!"

Ernst sah er mich an: „Nein...das habe ich ihr noch nicht gesagt, aber sie hat schon gefragt. Ich will ihr auch nicht weh tun oder sie enttäuschen! Ich wollte sie einfach nur sehen und was mit ihr unternehmen."

Ich nickte: „Das klingt gut und darüber würde sie sich auch freuen. Ich denke ordne dein Leben und werde dir im Klaren was du willst, denn die Freundschaft mit Sophie ist dir sicher."

Sven nickte: „Ich weiß..."

Ich stand auf und holte uns was zutrinken, in der Zwischenzeit sind die Frauen mit einer großen Brotzeitplatte auf die Terrasse zurückgekehrt. Es war ein schöner Abend, doch irgendwann sind die Frauen ins Bett gegangen da sie müde waren. Sven und ich leerten noch den Bierkasten bis in den Morgengrauen, aber irgendwann schliefen wir ein.

Am nächsten Morgen wurden wir vom kleinen Sven geweckt. Er beugte sich über mich und sah mich an. Meine Arme hingen runter und in meiner Hand hielt ich noch die letzte Bierflasche. Als ich meine Augen aufschlug, sahen mich seine Kinderaugen frech an. Auch Sven schlief noch und kuschelte in Embryostellung mit dem Boden. Als ich aufstehen wollte, brummte mir der Schädel und nur schwer konnte ich geradeaus gehen. Sophie war schon wach und saß mit Pria auf der Terrasse. Pria sah mich mit durchbohrendem Blick an. Mir schwante nichts Gutes.

Als ich mich zu den Frauen setzte, fragte Pria: „Na, hattet ihr einen schönen Abend?"

Oh Gott, wie brummte mir der Schädel! Und dann auch noch eine Grundsatzdiskussion mit meiner Frau am frühen Morgen. Sie hatte ja Recht, aber ich wollte nichts dazu sagen. Ich stand auf und holte mir einen Kaffee. Wortlos setzte ich mich wieder an den Tisch und hoffte, dass Sven bald aufstehen würde.

Endlich stand auch Sven, völlig verkatert vom Boden auf: „Hat jemand ein Aspirin für mich, bitte?"

Pria stand auf und boshaft sagte sie: „Ich nicht!" Dann ging sie in unsere Wohnung.

Sophie stand von ihrem Stuhl auf: „Ja, ich hole dir ein Aspirin."

Vorsichtig bewegte sich Sven zu uns an den Tisch und nur langsam plumpste er auf den Stuhl. Sophie kam mit dem Aspirin und einem Glas Wasser zurück. Weil heute Heilig Abend war, wollte Sophie mit Pria noch in die Stadt fahren und einiges besorgen. Sven und ich waren dazu überhaupt nicht in der Lage und somit bekamen wir Kinderdienst aufgebrummt. Er und ich verbrachten den Nachmittag auf der Terrasse. Wir hatten fünfundzwanzig Grad und Sonnenschein. Die Frauen gaben sich wirklich viel Mühe. Es gab eine Palme als Christbaumersatz. Aus der Küche duftete es verführerisch. Auch die Bescherung wurde sehr schön. Der kleine Sven freute sich über seine Geschenke und spielte den ganzen Abend damit. Gegen Mitternacht brachte Sophie ihren Sohn ins Bett und schlief bei ihm ein. Pria lag auf der Bank und schlief. Ich setzte mich zu Pria und strich ihr sanft durch das Haar.

Sven sah mich an: „Bist du glücklich?"

„Ja und wie," ich erzählte ihm die Geschichte von mir und Pria.

„Wow, dann hast du auch schon einiges erlebt." Mit diesen Worten stand er auf und ging zu Sophie. Er setzte sich auf die Bettkante und sah ihr zu wie sie schlief.

Die Zeit verging und es kam der Tag der Heimreise. Sophie war schon sehr früh wach und deckte den Tisch auf der Terrasse. Mit der Zeit füllte sich der Frühstückstisch.

Als Sven auf die Terrasse kam entgegnete ihn Sophie: „Guten Morgen."

Doch Sven war mürrisch: „Morgen."

„Oh...da hat wohl jemand schlechte Laune," meinte Sophie.

Es wurde still am Tisch und Sven blickte auf Sophie: „Wie kannst du nur so gut gelaunt sein? Ich reise heute ab und du bist fröhlich??? Meinst du es mit der Freundschaft wirklich ernst!?"

Sophie stockte der Atem und runzelte die Stirn: „Was ist denn los mit dir? Habe ich etwas falsch gemacht oder verpasst?"

Sven stand auf: „Ja! Du hast eine Menge verpasst!"

Sven griff nach seiner Jacke, nahm seine Reisetasche und verschwand durch die Tür. Sophie schrie ihm noch hinterher, doch Sven wollte sie nicht hören. Also holte ich meine Autoschlüssel und gabelte Sven von der Straße auf. Er setzte sich zu mir ins Auto und war sehr ruhig.

„Was ist los Sven?"

„Ich liebe sie...aber...er lächelte... „aber Freundschaft?"

„Kann Freundschaft nicht auch manchmal Liebe sein?" entgegnete ich ihm.

Er sah mich an und ich setzte fort: „Schau mal du weißt Sophie liebt dich mit ganzen Herzen und nachdem du an deiner Ehe festgehalten hast wollte sie zumindest deine Freundschaft! Sie will dich nicht verlieren! Sie weiß nicht das du mit deiner Frau auseinander bist und eure Freundschaft ist das wertvollste was sie von dir hat! Also verurteile sie nicht. Ich fahr dich jetzt zum Flughafen."

Sven sah mich traurig an: „Und Sophie...???"

„Gib dir Zeit und telefonier mit ihr, wenn du bereit dazu bist. Ich versuch sie später zu beruhigen. Ich schreib dir dann in Whats App. Außerdem fliegen wir in drei Monaten auch wieder Heim, dann ist der Weg nicht mehr soweit für dich."

„In drei Monaten?"

Ich nickte: „Ja in drei Monaten! Wir fliegen am ersten März und landen um 14.45 Uhr in München. Ich würde mich freuen, wenn du Sophie abholst..., wenn nicht fahr ich sie nach Hause."

Sven wurde sehr ruhig...er verabschiedete sich noch von mir und stieg in seinen Flieger. Mit einem schlechten Gefühl fuhr ich heim. Sophie saß auf der Terrasse und wusste nicht was los war, sie verstand die Welt nicht mehr. Sie machte sich Vorwürfe das sie eine schlechte Freundin sei...und und und...

Ich musste sie erstmal beruhigen und dann sagte ich zu ihr: „Er braucht Zeit, um über alles nachzudenken."

Sophie schüttelte den Kopf: „Wie bitte???Worüber möchte er denn noch nachdenken? Über unsere Freundschaft?"

„Nein Sophie! Gib ihm doch einfach mal Zeit."

Sophie lachte hämisch: „Zeit??? Er hatte über ein Jahrzehnt Zeit...sie atmete tief durch...dann soll er sich einfach wieder ein Jahrzehnt Zeit nehmen...ich weiß nicht...aber ich denke ich habe nichts falsch gemacht!"

Sie winkte ab und ging in ihre Wohnung!

Es war die letzte Nacht in Indien und wir saßen zu dritt auf der Terrasse. Sven schrieb mir zwischenzeitlich in Whats App, doch bei Sophie hat er sich nicht einmal mehr gemeldet. Sie saß auf dem Stuhl und blickte in den Sternenhimmel. Ich bemerkte das ihr die Tränen an der Seite runterliefen, doch ich sagte kein Wort zu ihr. Ihr Herz schrie nach ihm! Doch mein Telefon unterbrach die Stille, als ich auf das Display sah stand da Sven. Schnell ging ich in meine Wohnung und schloss hinter mir die Terrassentür.

„Ja?"

„Hi ich bin es Sven. Ich wollte dir nur Bescheid geben, dass ich morgen Sophie abholen werde."

Ich atmete auf: „Wow, super … da freu ich mich drüber! Wir landen um 14.45 Uhr…wie geht es dir?"

„Prima! Wie geht es Sophie?"

Ich atmete tief durch: „Nicht so gut…sie sitzt auf der Terrasse, schaut in den Himmel und überflutet alles mit ihren Tränen. Warum hast du dich nicht einmal bei ihr mehr gemeldet?"

Sven schluckte schwer: „Ich habe nun alles geregelt! Ich werde ihr gleich eine Whats App Nachricht senden. Pass auf sie auf, ich bin morgen pünktlich am Flughafen."

„Super ich freu mich…bis dann!"

„Ja, bis morgen."

Wir legten auf und ich ging wieder nach draußen zu Sophie und Pria. Sophie schaute immer noch in den Himmel, doch plötzlich brummte ihr Handy. Sie nahm es und schaute nach, es war eine Nachricht von Sven mit den Worten „Verzeih mir bitte!" Immer wieder blickte sie auf ihr Handy und nach einer Weile schrieb sie zurück: „Wer liebt der verzeiht auch!"

Wir gingen früh schlafen, da wir um drei Uhr aufstehen mussten und eine Stunde später waren wir schon am Flughafen. Die Stimmung war allgemein sehr bedrückt. Pria war das erste Mal in Deutschland, für sie war alles fremd. Sophie schwieg die ganzen acht Stunden Flug, für sie begann ein neuer Lebensabschnitt. Ich freute mich auf meine Heimat und war glücklich das meine kleine Familie dabei war. Wir waren fast zwei Jahre in Indien und es würde für uns alle eine Umstellung werden.

Endlich landeten wir in München, unsere Maschine hatte zehn Minuten Verspätung. Sophie nahm ihren Sohn an die Hand und holte ihr Gepäck.

Als sie durch das Gate ging erblickte sie Sven…langsam ging sie auf ihn zu. Er breitete seine Arme aus und schloss sie zärtlich um Sophie. Sie konnte nichts sagen, aber sie war überglücklich!

Sven flüsterte ihr ins Ohr: „Liebe ist Freundschaft!"

Sophie schmunzelte und verabschiedete sich von uns. Schließlich nahm sie ihren Sohn und Sven und verschwand in der Menschenmenge.

Ist Liebe bedingungslos? Trifft uns die Liebe einfach so, ohne dass wir gefragt werden? Was können wir dafür tun, damit wir unsere Liebe auch erleben dürfen? Sollten wir etwas dafür tun? Ist Freundschaft Liebe? Ist Liebe Freundschaft?

… Please forgive me I can`t stop loving you ;) …..

Autor

Iris Witte wurde in den sechziger Jahren in Braunschweig geboren. Aufgewachsen ist sie in West-Berlin im amerikanischen Sektor. In den achtziger Jahren zog sie mit ihrer Familie nach Bayern, dort vollendete sie ihren Schulweg und wurde Kindergärtnerin. Sie bekam vier Kinder und heiratete. Sie lebt bis heute mit ihrer Familie in Bayern, in dem kleinen idyllischen Ort Altfraunhofen. Schreiben war schon immer ihr Hobby. Die ersten Gedichte schrieb sie mit dreizehn Jahren bis sie 2013 ihr erstes Buch veröffentlichte. Gerne schreibt sie Liebesromane und Kinderbücher.

www.ingramcontent.com/pod-product-compliance
Lightning Source LLC
Chambersburg PA
CBHW030239180626
46810CB00008B/3205